Harry Dickson

LE SHERLOCK HOLMES AMERICAIN

T1: L'ILE DES POSSÉDÉS

Textes: R. Nolane
Dessins: O. Roman
Couleurs: A. Sirvent

SOLEIL PRODUCTIONS

Album SOLEIL PRODUCTIONS
29, boulevard de Strasbourg - 83000 Toulon
Téléphone: 94 09 08 28 - Télécopie: 91 62 30 21
Dépôt légal: Octobre 1992 - ISBN 2-87764-125-2

Conception Graphique Cortex
Impression: Vincenzo Bona - Turin - Italie
Reliure: SIRC Marigny Le Chatel - France

LONDRES. L'HIVER GLACIAL A CHASSÉ LA CHALEUR DES ANNÉES FOLLES À L'INTÉRIEUR DES APPARTEMENTS DES BEAUX QUARTIERS, MAIS UN HOMME SOLITAIRE BRAVE LES ÉLÉMENTS POUR UNE ÉTRANGE PROMENADE SUR LES QUAIS DÉSERTS DE LA TAMISE.
PERDU DANS DE SOMBRES PENSÉES...
..IL N'A PAS CONSCIENCE DU DANGER QUI RÔDE !
BY JOVE ! QU'EST-CE QUE..? AU SEC...
PLOUFF
ENFIN !
HAHAHAHAHAH

QUELQUES JOURS PLUS TARD DANS LA RUE LA PLUS CÉLÈBRE DE LONDRES
BAKER STREET
MÊME LE CRIMINEL LE PLUS ENDURCI FINIRAIT PAR SE DISSOUDRE SOUS UNE PLUIE PAREILLE...
CETTE INACTIVITÉ FORCÉE ME TUE À PETIT FEU... AH! MAIS QUE VOIS-JE LÀ?
Mort d'un grand savant
Hier soir, vers vingt heures a été découvert, flottant contre une des piles du Tower Bridge, le corps du Professeur James Hampstead. Les premières observations du Coroner concluent à une mort accidentelle.
cialiste éminent du cerveau et
ladies mentales le P
QU'Y-A-T-IL MAÎTRE?!
LISEZ DONC! C'EST À LA RUBRIQUE NÉCROLOGIQUE.
TOC TOC
CETTE MORT SEMBLE VOUS TOUCHER, MAÎTRE.
PAS À TITRE PERSONNEL. MAIS JE DÉPLORE TOUJOURS LA PERTE D'UN GRAND SAVANT, MÊME S'IL PROFESSAIT DES THÉORIES PLUTÔT INHABITUELLES.
POUR RÉSUMER, MY BOY, LE PROFESSEUR HAMPSTEAD ÉTAIT CONVAINCU QUE LE CERVEAU POSSÉDAIT DES POUVOIRS ÉNORMES QUE NOUS NE SAVONS PAS ENCORE UTILISER. LE GENRE DE PROPOS QUI VOUS FAIT VITE PASSER POUR UN CHARLATAN PARMI L'ESTABLISHMENT SCIENTIFIQUE.
TIENS, UN TÉLÉGRAPHISTE S'ARRÊTE DEVANT NOTRE PORTE...

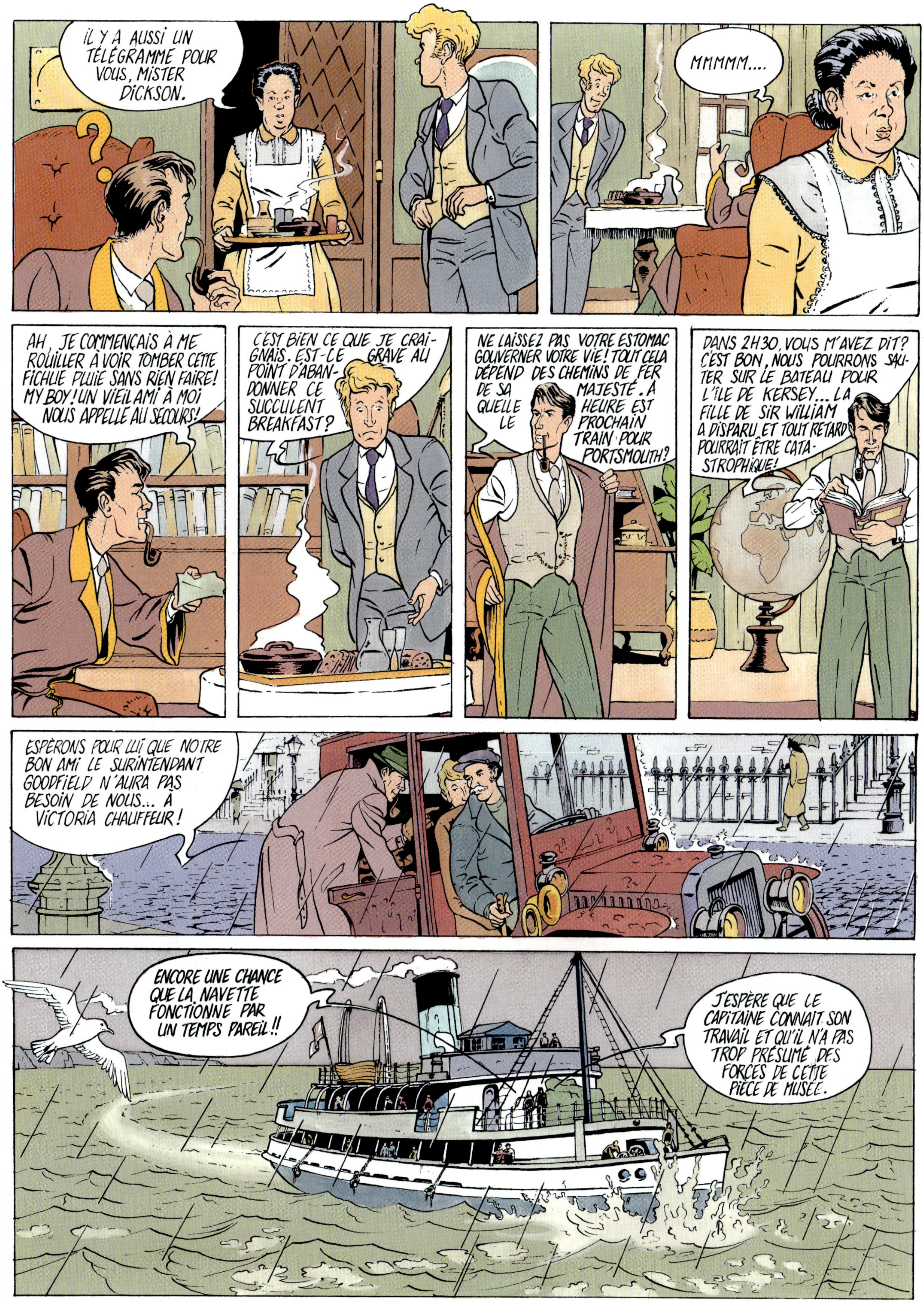
IL Y A AUSSI UN TÉLÉGRAMME POUR VOUS, MISTER DICKSON.
MMMMM....
AH, JE COMMENÇAIS À ME ROUILLER À VOIR TOMBER CETTE FICHUE PLUIE SANS RIEN FAIRE! MY BOY! UN VIEIL AMI À MOI NOUS APPELLE AU SECOURS!
C'EST BIEN CE QUE JE CRAIGNAIS. EST-CE GRAVE AU POINT D'ABANDONNER CE SUCCULENT BREAKFAST?
NE LAISSEZ PAS VOTRE ESTOMAC GOUVERNER VOTRE VIE! TOUT CELA DÉPEND DES CHEMINS DE FER DE SA MAJESTÉ. À QUELLE HEURE EST LE PROCHAIN TRAIN POUR PORTSMOUTH?
DANS 2H30, VOUS M'AVEZ DIT? C'EST BON, NOUS POURRONS SAUTER SUR LE BATEAU POUR L'ÎLE DE KERSEY... LA FILLE DE SIR WILLIAM A DISPARU ET TOUT RETARD POURRAIT ÊTRE CATASTROPHIQUE!
ESPÉRONS POUR LUI QUE NOTRE BON AMI LE SURINTENDANT GOODFIELD N'AURA PAS BESOIN DE NOUS... À VICTORIA CHAUFFEUR!
ENCORE UNE CHANCE QUE LA NAVETTE FONCTIONNE PAR UN TEMPS PAREIL!!
J'ESPÈRE QUE LE CAPITAINE CONNAIT SON TRAVAIL ET QU'IL N'A PAS TROP PRÉSUMÉ DES FORCES DE CETTE PIÈCE DE MUSÉE.

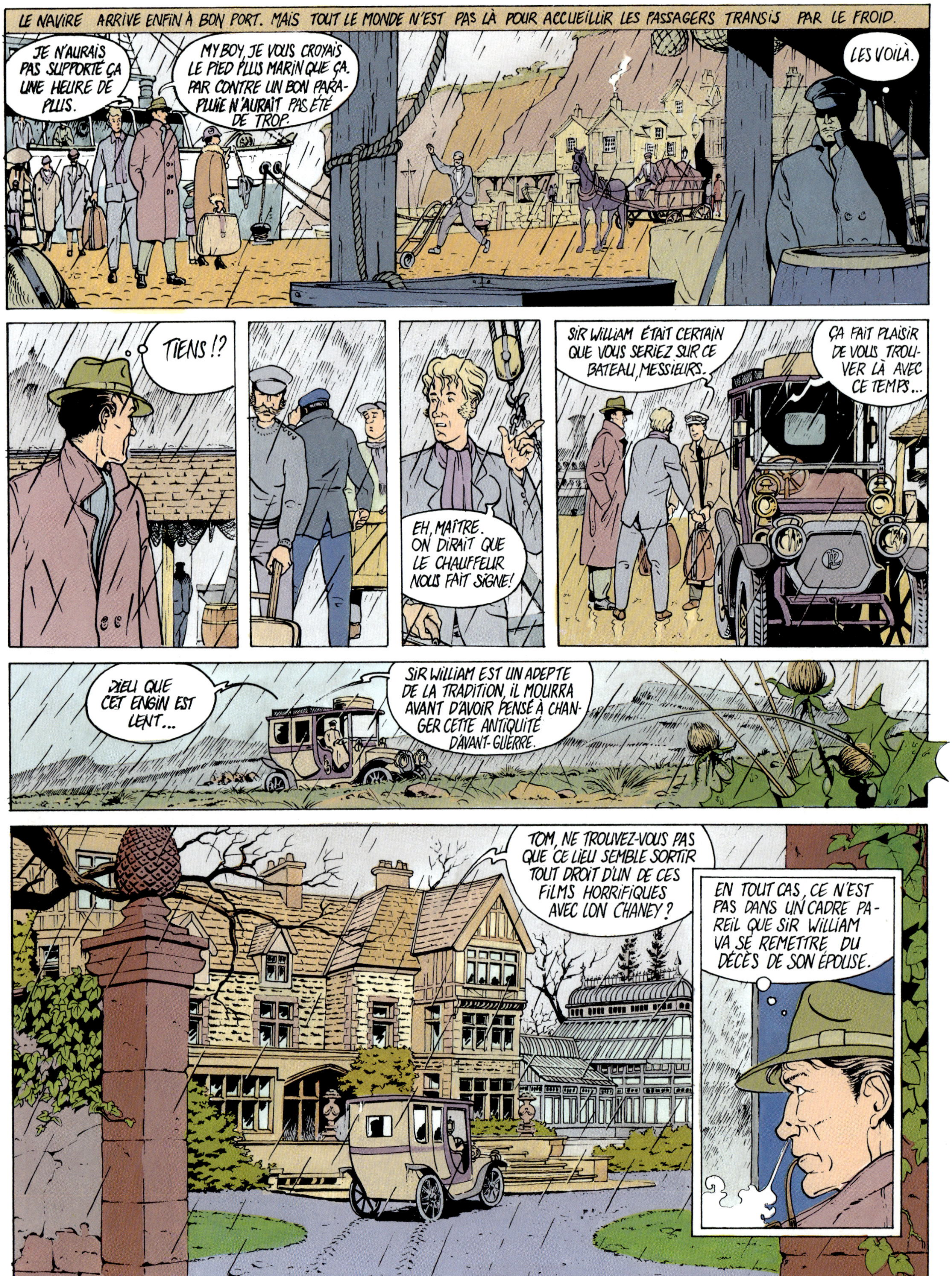
LE NAVIRE ARRIVE ENFIN À BON PORT. MAIS TOUT LE MONDE N'EST PAS LÀ POUR ACCUEILLIR LES PASSAGERS TRANSIS PAR LE FROID.
JE N'AURAIS PAS SUPPORTÉ ÇA UNE HEURE DE PLUS.
MY BOY, JE VOUS CROYAIS LE PIED PLUS MARIN QUE ÇA. PAR CONTRE UN BON PARAPLUIE N'AURAIT PAS ÉTÉ DE TROP.
LES VOILÀ.
TIENS !?
EH, MAÎTRE. ON DIRAIT QUE LE CHAUFFEUR NOUS FAIT SIGNE!
SIR WILLIAM ÉTAIT CERTAIN QUE VOUS SERIEZ SUR CE BATEAU, MESSIEURS.
ÇA FAIT PLAISIR DE VOUS TROUVER LÀ AVEC CE TEMPS...
DIEU QUE CET ENGIN EST LENT...
SIR WILLIAM EST UN ADEPTE DE LA TRADITION, IL MOURRA AVANT D'AVOIR PENSÉ À CHANGER CETTE ANTIQUITÉ D'AVANT-GUERRE.
TOM, NE TROUVEZ-VOUS PAS QUE CE LIEU SEMBLE SORTIR TOUT DROIT D'UN DE CES FILMS HORRIFIQUES AVEC LON CHANEY ?
EN TOUT CAS, CE N'EST PAS DANS UN CADRE PAREIL QUE SIR WILLIAM VA SE REMETTRE DU DÉCÈS DE SON ÉPOUSE.

VEUILLEZ AVOIR L'AMABILITÉ DE ME SUIVRE, MESSIEURS.
AH! CHER AMI, VOUS VOILÀ ENFIN! ET AVEC VOTRE ÉLÈVE EN RENFORT!
PERMETTEZ-MOI DE VOUS PRÉSENTER JAMES MAC GREGOR, LE CHEF DE NOTRE POLICE.
C'EST UN GRAND HONNEUR QUE DE RENCONTRER UNE CÉLÉBRITÉ COMME LE GRAND HARRY DICKSON.
LA LITTÉRATURE POPULAIRE EMBELLIT TOUJOURS LA RÉALITÉ, INSPECTEUR... DISONS QUE J'ESSAIE DE FAIRE DE MON MIEUX.
VOILÀ DE QUOI VOUS RÉCHAUFFER, MESSIEURS.
SIR WILLIAM, LE MOMENT EST PEUT-ÊTRE VENU DE ME DIRE POURQUOI VOUS AVEZ DEMANDÉ MON AIDE...
LA QUESTION DE HARRY DICKSON SEMBLE JETER UN VOILE DE TRISTESSE SUR SIR WILLIAM.
HARRY, JE NE SUIS QU'UN VIEILLARD ÉGOÏSTE ET JE CROIS QUE DIEU EST EN TRAIN DE ME LE FAIRE PAYER.
MA FILLE ANN, QUE VOUS AVEZ CONNUE TOUTE PETITE, A DISPARU DEPUIS TROIS JOURS.
TROIS JOURS ?! DONC ELLE N'A PAS PU EMPRUNTER LA NAVETTE POUR L'ANGLETERRE.
NON. J'EN SUIS DONC VENU À CRAINDRE LE PIRE CAR ANN A MAL SUPPORTÉ LA MORT DE SA MÈRE L'ANNÉE DERNIÈRE. ET...

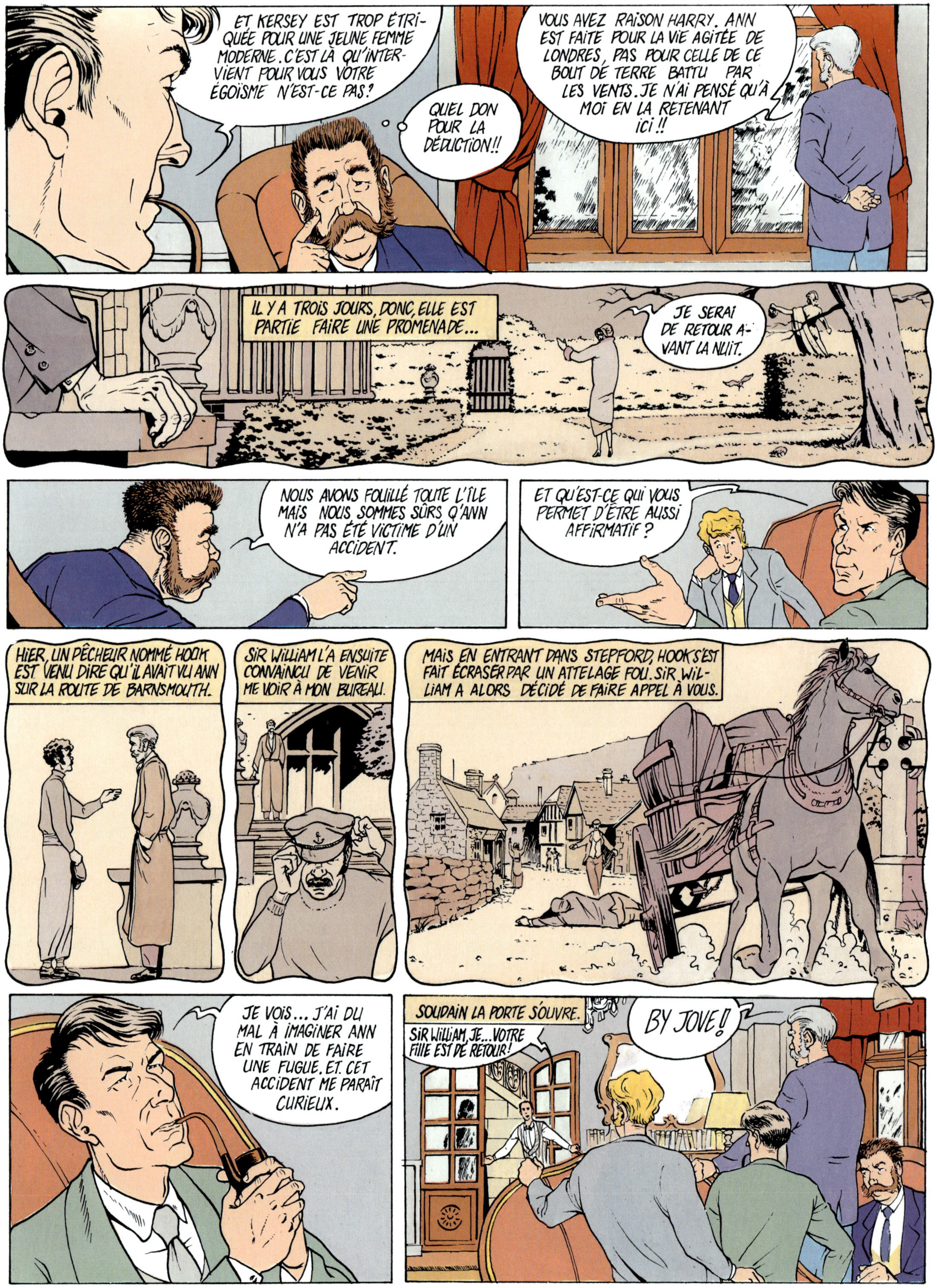

ET KERSEY EST TROP ÉTRIQUÉE POUR UNE JEUNE FEMME MODERNE. C'EST LÀ QU'INTERVIENT POUR VOUS VOTRE ÉGOÏSME N'EST-CE PAS?
QUEL DON POUR LA DÉDUCTION!!
VOUS AVEZ RAISON HARRY. ANN EST FAITE POUR LA VIE AGITÉE DE LONDRES, PAS POUR CELLE DE CE BOUT DE TERRE BATTU PAR LES VENTS. JE N'AI PENSÉ QU'À MOI EN LA RETENANT ICI!!
IL Y A TROIS JOURS, DONC, ELLE EST PARTIE FAIRE UNE PROMENADE...
JE SERAI DE RETOUR AVANT LA NUIT.
NOUS AVONS FOUILLÉ TOUTE L'ÎLE MAIS NOUS SOMMES SÛRS Q'ANN N'A PAS ÉTÉ VICTIME D'UN ACCIDENT.
ET QU'EST-CE QUI VOUS PERMET D'ÊTRE AUSSI AFFIRMATIF?
HIER, UN PÊCHEUR NOMMÉ HOOK EST VENU DIRE QU'IL AVAIT VU ANN SUR LA ROUTE DE BARNSMOUTH.
SIR WILLIAM L'A ENSUITE CONVAINCU DE VENIR ME VOIR À MON BUREAU.
MAIS EN ENTRANT DANS STEPFORD, HOOK S'EST FAIT ÉCRASER PAR UN ATTELAGE FOU. SIR WILLIAM A ALORS DÉCIDÉ DE FAIRE APPEL À VOUS.
JE VOIS... J'AI DU MAL À IMAGINER ANN EN TRAIN DE FAIRE UNE FUGUE. ET CET ACCIDENT ME PARAÎT CURIEUX.
SOUDAIN LA PORTE S'OUVRE.
SIR WILLIAM, JE... VOTRE FILLE EST DE RETOUR!
BY JOVE!!

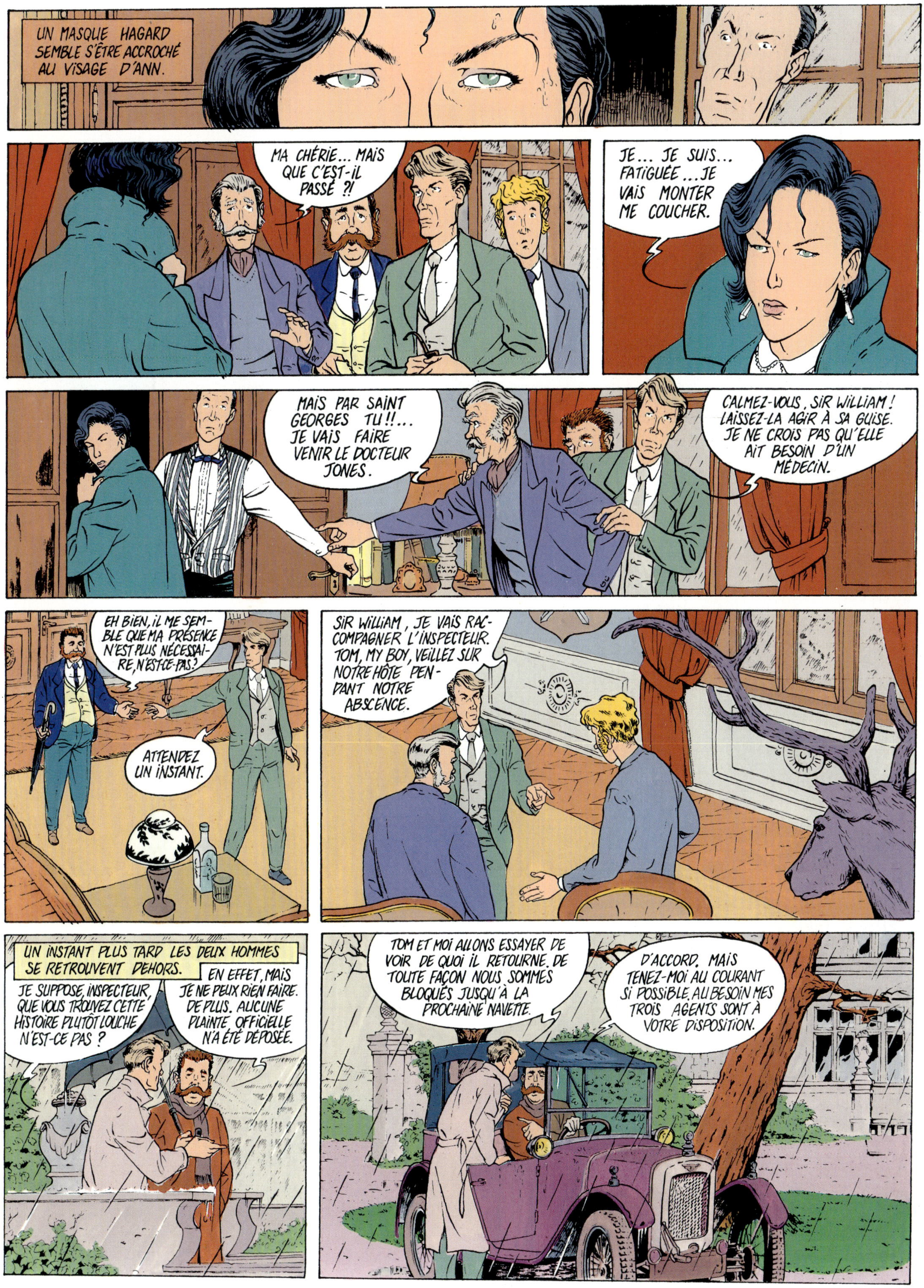
UN MASQUE HAGARD SEMBLE S'ÊTRE ACCROCHÉ AU VISAGE D'ANN.
MA CHÉRIE... MAIS QUE C'EST-IL PASSÉ ?!
JE... JE SUIS... FATIGUÉE... JE VAIS MONTER ME COUCHER.
MAIS PAR SAINT GEORGES TU!!... JE VAIS FAIRE VENIR LE DOCTEUR JONES.
CALMEZ-VOUS, SIR WILLIAM ! LAISSEZ-LA AGIR À SA GUISE. JE NE CROIS PAS QU'ELLE AIT BESOIN D'UN MÉDECIN.
EH BIEN, IL ME SEMBLE QUE MA PRÉSENCE N'EST PLUS NÉCESSAIRE, N'EST-CE-PAS?
ATTENDEZ UN INSTANT.
SIR WILLIAM, JE VAIS RACCOMPAGNER L'INSPECTEUR. TOM, MY BOY, VEILLEZ SUR NOTRE HÔTE PENDANT NOTRE ABSCENCE.
UN INSTANT PLUS TARD LES DEUX HOMMES SE RETROUVENT DEHORS.
JE SUPPOSE, INSPECTEUR, QUE VOUS TROUVEZ CETTE HISTOIRE PLUTÔT LOUCHE N'EST-CE PAS ?
EN EFFET, MAIS JE NE PEUX RIEN FAIRE. DE PLUS, AUCUNE PLAINTE OFFICIELLE N'A ÉTÉ DÉPOSÉE.
TOM ET MOI ALLONS ESSAYER DE VOIR DE QUOI IL RETOURNE. DE TOUTE FAÇON NOUS SOMMES BLOQUÉS JUSQU'À LA PROCHAINE NAVETTE.
D'ACCORD. MAIS TENEZ-MOI AU COURANT SI POSSIBLE. AU BESOIN MES TROIS AGENTS SONT À VOTRE DISPOSITION.

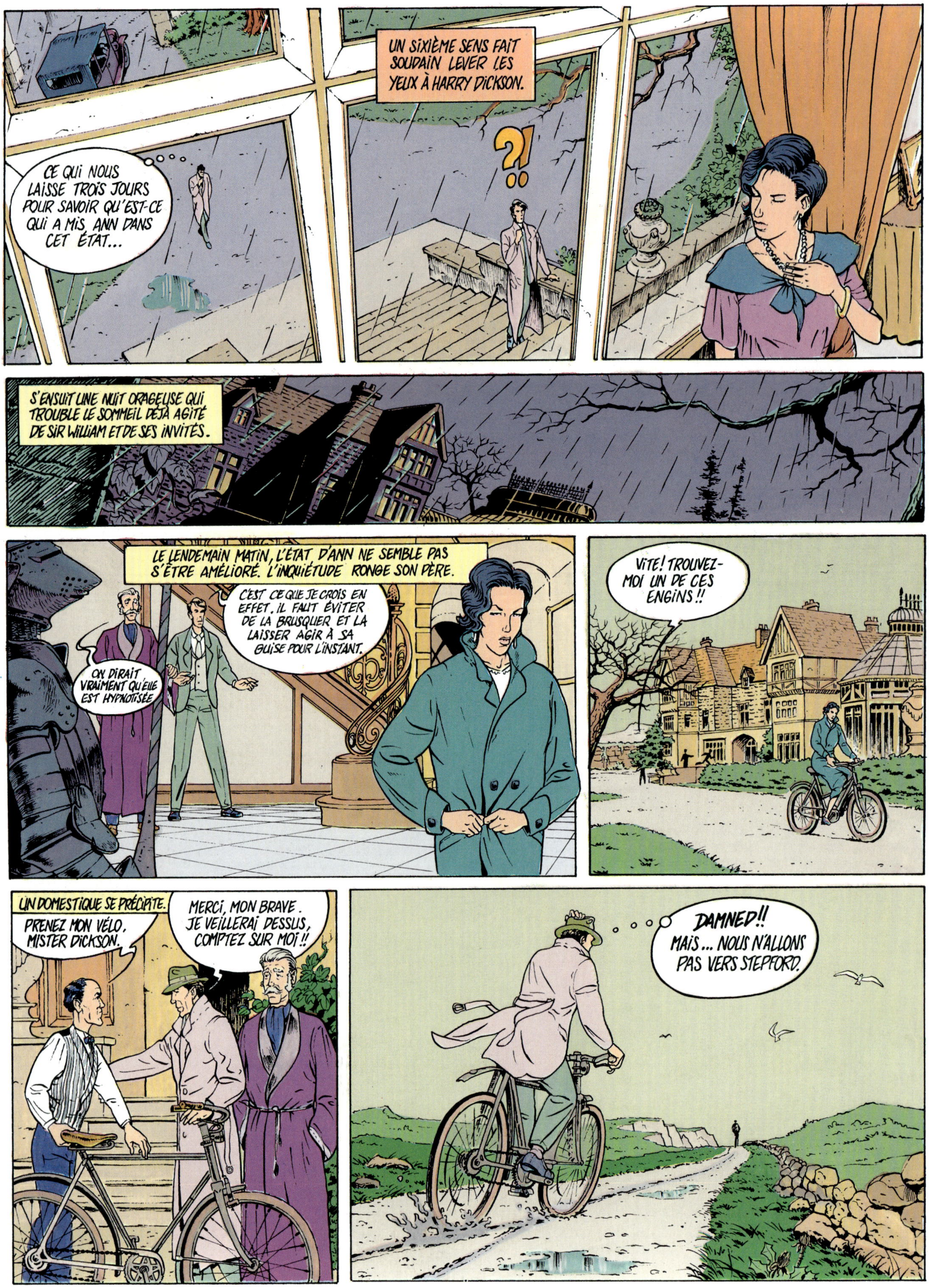
CE QUI NOUS LAISSE TROIS JOURS POUR SAVOIR QU'EST-CE QUI A MIS ANN DANS CET ÉTAT...
UN SIXIÈME SENS FAIT SOUDAIN LEVER LES YEUX À HARRY DICKSON.
?!
S'ENSUIT UNE NUIT ORAGEUSE QUI TROUBLE LE SOMMEIL DÉJÀ AGITÉ DE SIR WILLIAM ET DE SES INVITÉS.
LE LENDEMAIN MATIN, L'ÉTAT D'ANN NE SEMBLE PAS S'ÊTRE AMÉLIORÉ. L'INQUIÉTUDE RONGE SON PÈRE.
ON DIRAIT VRAIMENT QU'ELLE EST HYPNOTISÉE
C'EST CE QUE JE CROIS EN EFFET. IL FAUT ÉVITER DE LA BRUSQUER ET LA LAISSER AGIR À SA GUISE POUR L'INSTANT.
VITE! TROUVEZ-MOI UN DE CES ENGINS !!
UN DOMESTIQUE SE PRÉCIPITE.
PRENEZ MON VÉLO, MISTER DICKSON.
MERCI, MON BRAVE. JE VEILLERAI DESSUS, COMPTEZ SUR MOI !!
DAMNED!! MAIS... NOUS N'ALLONS PAS VERS STEPFORD.

APRÉS UNE BONNE DEMI-HEURE DE LUTTE CONTRE LE VENT, LES DEUX CYCLISTES ATTEIGNENT UN POINT RECULÉ DE L'ÎLE.
ANN PÉNÈTRE SANS HÉSITER DANS UNE DES MAISONS MAL ENTRETENUES.
LE PÊCHEUR NE PARAIT PAS VOIR LA JEUNE FILLE.
QUELLE TEMPÊTE !
LES INDIGÈNES N'ONT PAS L'AIR TRES ACCUEILLANTS.

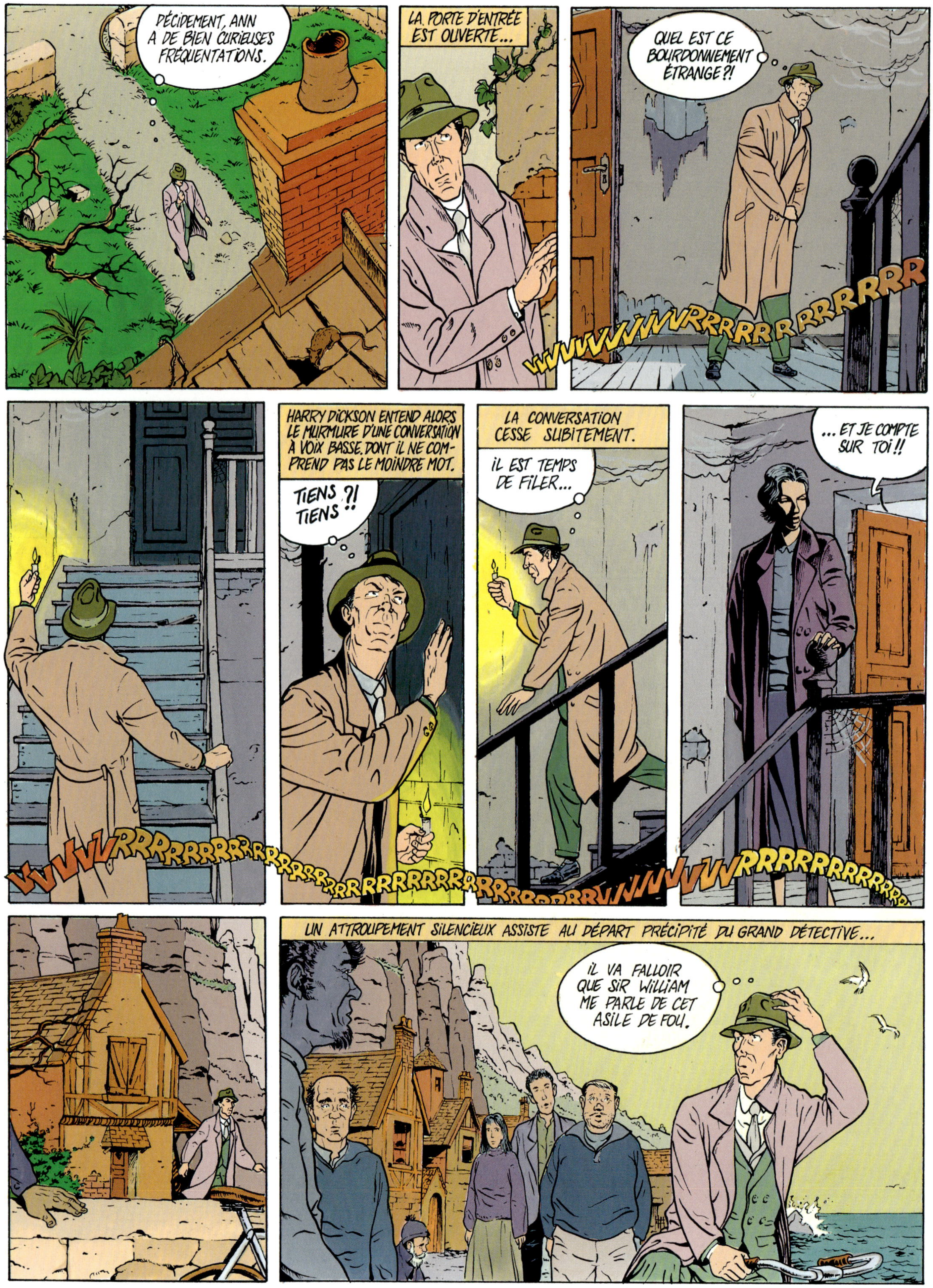
DÉCIDÉMENT, ANN A DE BIEN CURIEUSES FRÉQUENTATIONS.
LA PORTE D'ENTRÉE EST OUVERTE...
QUEL EST CE BOURDONNEMENT ÉTRANGE?!
WVVVVVVVVVVRRRRRRRRRRRRRR
HARRY DICKSON ENTEND ALORS LE MURMURE D'UNE CONVERSATION À VOIX BASSE, DONT IL NE COMPREND PAS LE MOINDRE MOT.
TIENS ?! TIENS !!
LA CONVERSATION CESSE SUBITEMENT.
IL EST TEMPS DE FILER...
...ET JE COMPTE SUR TOI!!
VVVVVRRRRRRRRRRRRRRRRRRRRRRRRRRRRRRRRRRRRVVVVVVVVVRRRRRRRRRRR
UN ATTROUPEMENT SILENCIEUX ASSISTE AU DÉPART PRÉCIPITÉ DU GRAND DÉTECTIVE...
IL VA FALLOIR QUE SIR WILLIAM ME PARLE DE CET ASILE DE FOU.

HARRY DICKSON REVIENT AU MANOIR OÙ L'ATTENDENT AVEC IMPATIENCE SIR WILLIAMS ET TOM WILLS.
ENFIN, VOUS VOILÀ DE RETOUR!
MAÎTRE!
LES EXPLICATIONS SUCCINTES DU GRAND DÉTECTIVE AFFOLENT LE VIEIL HOMME.
PAR SAINT GEORGE, IL FAUT AVERTIR MAC GRÉGOR! SCOTLAND YARD!
CERTAINEMENT PAS! PRÉCIPITER LES CHOSES SERAIT UNE ERREUR.
MAIS CHER AMI, VOUS OUBLIEZ QUE LA SÉCURITÉ D'ANN EST EN JEU!
JE NE PENSE PAS QU'ELLE RISQUE QUOI QUE CE SOIT, POUR L'INSTANT TOUT AU MOINS.
CAR JE SUIS CERTAIN QUE CELUI, OU CEUX, QUI SONT DERRIÈRE CETTE AFFAIRE ONT BESOIN D'ANN!
LES GENS QUE J'AI VUS SEMBLAIENT... POSSÉDÉS. ILS ME RAPPELLENT LES ADEPTES DE CERTAINS CULTES HINDOUS.
SIR WILLIAMS, N'AURIEZ-VOUS PAS ENTENDU PARLER D'UNE SECTE SUR CETTE ÎLE?
11

UNE SECTE? KERSEY N'EST PAS SOHO ET SI UN SORCIER HINDOU S'Y TROUVAIT CELA SE SAURAIT, CROYEZ-MOI!
QUI PARLE D'UN HINDOU? LES BLANCS SAVENT S'Y PRENDRE EUX AUSSI EN MATIÈRE DE SORCELLERIE. MY BOY VOUS SOUVENEZ-VOUS DU MAGE DE WESTMINSTER?
UN SOURIRE ÉCLAIRE LE VISAGE DE TOM À CE SOUVENIR.
ET COMMENT! IL AVAIT OBLIGÉ SEPT BANQUIERS DE LA CITY A SE SUICIDER AVANT QUE VOUS NE LE CONFONDIEZ!!
AH MAIS J'Y PENSE, IL Y A BIEN CE BEN LAKELY. UNE SORTE DE GUÉRISSEUR QUI VIT À L'ÉCART DE TOUS.
UN GUÉRISSEUR? VOILÀ QUI EST INTÉRESSANT!
J'AVOUE AVOIR DU MAL À L'IMAGINER EN TRAIN DE DIRIGER UNE SECTE. C'EST UN MISANTHROPE NOTOIRE.
ET BIEN TOM, JE CROIS QUE NOUS ALLONS QUAND MÊME RENDRE UNE PETITE VISITE CET APRÈS-MIDI À CE BEN LAKELY...
MISS ANN VIENT DE RENTRER MONSIEUR. ELLE EST MONTÉE DANS SA CHAMBRE ET NE DÉSIRE PAS DÉJEUNER...
LA NOUVELLE RELANCE L'INQUIÉTUDE DE SIR WILLIAM AU LIEU DE LA CALMER.
CETTE HISTOIRE ME MINE! CROYEZ-VOUS QU'ELLE VOUS AIT VU?
J'EN SUIS PERSUADÉ MAIS ELLE ET LES AUTRES S'EN MOQUENT. ET C'EST BIEN CE QUI M'INQUIÈTE, VOYEZ-VOUS!
12

AU MÊME INSTANT DANS UN ENDROIT DÉSERT DE L'ÎLE...
ON APPROCHE, RALENTIS!!
ALLEZ!! DÉPÊCHEZ VOUS DE PRENDRE CES OUTILS!
SUIVEZ-MOI!
CREUSEZ-ICI. LE CABLE TÉLÉGRAPHIQUE N'EST PAS ENTERRÉ PROFONDÉMENT.
CLAC
ET VOILÀ, LE TOUR EST JOUÉ. MAC GRÉGOR NE RISQUE PLUS D'APPELER DES RENFORTS... HÉ, VOUS DEUX REBOUCHEZ-MOI CE TROU!
13

AVEC LE DÉBUT DE L'APRÈS-MIDI, LA TEMPÊTE AVAIT REDOUBLÉ DE VIGUEUR.
OH, MAÎTRE, J'AURAIS MIEUX FAIT DE NE RIEN MANGER...
L'ESTOMAC EST SOUVENT LE PIRE ENNEMI DE L'HOMME, TOM. MAIS IL FALLAIT BIEN OBLIGER SIR WILLIAM À MANGER...
LE COMPORTEMENT DE SA FILLE SEMBLE VRAIMENT L'AFFECTER. VOUS CROYEZ QUE CE BEN LAKELY VA POUVOIR NOUS AIDER?
TOM, CES GENS SONT COMME POSSÉDÉS ET SI CET HOMME EST UN VÉRITABLE GUÉRISSEUR, IL PEUT SE RÉVÉLER UN EXCELLENT ALLIÉ...
LA MAISON DE BEN LAKELY APPARAÎT ENFIN DANS LA TOURMENTE.
POURVU QUE NOUS NE SOYONS PAS VENUS POUR RIEN!
B. LAKEL
TOC TOC
OUI ?!
POUVONS-NOUS ENTRER, S'IL VOUS PLAÎT?
MONSIEUR DICKSON, IL ME SEMBLE QUE VOTRE NOM NE M'EST PAS INCONNU...
ALORS C'EST QUE VOUS N'ÊTES PAS INSENSIBLE À LA RUBRIQUE FAITS-DIVERS DES JOURNAUX..
AINSI C'EST SIR WILLIAM QUI VOUS A PARLÉ DE MOI? J'EN SUIS ÉTONNÉ ET RAVI À LA FOIS... JE N'AI GUÈRE DE VISITES VOYEZ-VOUS, DEPUIS QUE J'AI ABANDONNÉ MON CABINET DE LONDRES POUR VENIR ME RETIRER SUR KERSEY.
CE QUI ME PASSIONNE LE PLUS EN L'HOMME, C'EST SON ESPRIT. DANS MA JEUNESSE, J'AI MÊME SUIVI DES COURS CHEZ SIGMUND FREUD À VIENNE
14

MAIS PAR BONHEUR IL Y A LE PROFESSEUR HAMPSTEAD QUI...
PARLEZ-VOUS DU CÉLÈBRE SPÉCIALISTE DU CERVEAU ?!
BIEN SÛR!! IL A ACHETÉ L'AN DERNIER LE COTTAGE QUI DOMINE BARNSMOUTH, MAIS IL L'A FAIT SOUS UN AUTRE NOM POUR NE PAS ÊTRE RECONNU ICI.
MAIS!! MAÎTRE C'EST...
OUI, MY BOY. MONSIEUR LAKELY J'AI PEUR D'AVOIR À VOUS ANNONCER UNE PÉNIBLE NOUVELLE.
LA NOUVELLE TERRASSE BEN LAKELY.
MON DIEU, QUELLE CATASTROPHE POUR LA SCIENCE !
ON NOUS AVAIT MÊME PRIS EN PHOTO ENSEMBLE.
REGARDEZ...
QUI EST CET HOMME À GAUCHE DU PROFESSEUR HAMPSTEAD ?
SON ASSISTANT, CLIVE OPTON. UN HOMME TACITURNE QUI NE SORT PRATIQUEMENT JAMAIS. JE SUIS SÛR QUE PERSONNE NE LE CONNAIT VRAIMENT DANS L'ÎLE.
JE PARIERAI MA TÊTE QUE C'EST L'HOMME QUI NOUS SURVEILLAIT AU PORT.
QUAND A ACCOSTÉ LE DERNIER VAPEUR EN PROVENANCE D'ANGLETERRE?
15

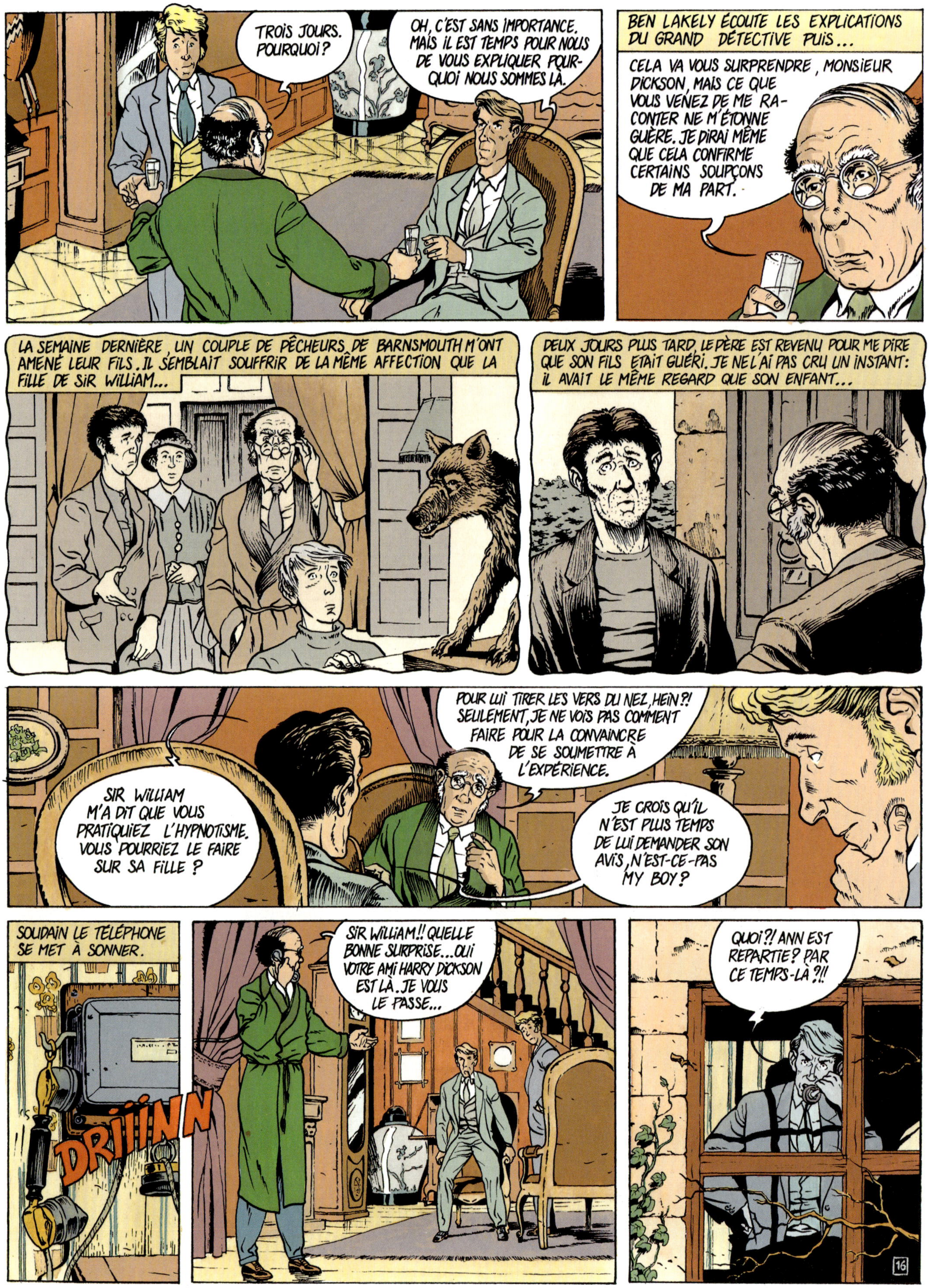
TROIS JOURS. POURQUOI?
OH, C'EST SANS IMPORTANCE. MAIS IL EST TEMPS POUR NOUS DE VOUS EXPLIQUER POURQUOI NOUS SOMMES LÀ.
BEN LAKELY ÉCOUTE LES EXPLICATIONS DU GRAND DÉTECTIVE PUIS...
CELA VA VOUS SURPRENDRE, MONSIEUR DICKSON, MAIS CE QUE VOUS VENEZ DE ME RACONTER NE M'ÉTONNE GUÈRE. JE DIRAI MÊME QUE CELA CONFIRME CERTAINS SOUPÇONS DE MA PART.
LA SEMAINE DERNIÈRE, UN COUPLE DE PÊCHEURS DE BARNSMOUTH M'ONT AMENÉ LEUR FILS. IL SEMBLAIT SOUFFRIR DE LA MÊME AFFECTION QUE LA FILLE DE SIR WILLIAM...
DEUX JOURS PLUS TARD, LE PÈRE EST REVENU POUR ME DIRE QUE SON FILS ÉTAIT GUÉRI. JE NE L'AI PAS CRU UN INSTANT: IL AVAIT LE MÊME REGARD QUE SON ENFANT...
SIR WILLIAM M'A DIT QUE VOUS PRATIQUIEZ L'HYPNOTISME. VOUS POURRIEZ LE FAIRE SUR SA FILLE?
POUR LUI TIRER LES VERS DU NEZ, HEIN?! SEULEMENT, JE NE VOIS PAS COMMENT FAIRE POUR LA CONVAINCRE DE SE SOUMETTRE À L'EXPÉRIENCE.
JE CROIS QU'IL N'EST PLUS TEMPS DE LUI DEMANDER SON AVIS, N'EST-CE-PAS MY BOY?
SOUDAIN LE TÉLÉPHONE SE MET À SONNER.
DRIIINN
SIR WILLIAM!! QUELLE BONNE SURPRISE... OUI VOTRE AMI HARRY DICKSON EST LÀ. JE VOUS LE PASSE...
QUOI?! ANN EST REPARTIE? PAR CE TEMPS-LÀ?!!
16

ELLE EST PARTIE EN VÉLO JUSTE APRÈS VOUS! CELA FAIT PRESQUE UNE HEURE QUE J'ESSAIE DE VOUS TÉLÉPHONER AU TRAVERS DE CETTE MAUDITE TEMPÊTE!!
BIEN NOUS ALLONS LA CHERCHER. ELLE A DÛ RETOURNER À BARNSMOUTH. NE VOUS INQUIETEZ PAS. JE VOUS RAPPELERAI DÈS QUE POSSIBLE.
MY BOY JE CROIS QUE NOUS ALLONS DEVOIR FAIRE LE COUP DE POING!
JE NE SUIS PLUS DE PREMIÈRE JEUNESSE, MAIS JE PENSE QUE NOUS NE SERONS PAS TROP DE TROIS!!
LES TROIS HOMMES SE JETTENT DANS LA FUREUR DE LA TEMPÊTE
CETTE TEMPÊTE NE SE CALMERA DONC JAMAIS!
PARCE QUE ANN NE PENSE PLUS PAR ELLE-MÊME ET QUE CELUI QUI PENSE POUR ELLE SE TROUVE À BARNSMOUTH.
MAIS COMMENT ÊTES-VOUS SÛR QU'ELLE SOIT RETOURNÉE LA-BAS? SURTOUT PAR CE TEMPS!!
À L'ENTRÉE DE BARNSMOUTH, ILS DÉCOUVRENT UN ÉTRANGE COMITÉ D'ACCUEIL...
MIEUX VAUT ATTENDRE DANS LA VOITURE... ANN FINIRA BIEN PAR SE MONTRER.
... À LA MINE PATIBULAIRE.
17

SOUDAIN...
LA VOILÀ MAÎTRE !!
LAKELY ! METTEZ VOUS AU VOLANT ET SOYEZ PRÊT À PARTIR SUR LE CHAMP !
ANN APERÇOIT ALORS LES TROIS HOMMES.
SANS HÉSITER ELLE REBROUSSE CHEMIN.
HARRY DICKSON SE LANCE À SA POURSUITE.
ANN !!
ATTENTION MAÎTRE !
PAF
JE NE VAIS PAS ME LAISSER FAIRE PAR CETTE RACAILLE !!
HARRY DICKSON PÉNÈTRE ENFIN DANS LA MAISON.
ANN !
NE BOUGE PLUS !
18

LÂCHEZ-MOI!!
ÇA SUFFIT ANN! TU REPARS AVEC NOUS!
À L'EXTERIEUR L'AFFRONTEMENT FAIT RAGE TOM ET BEN LAKELY EN SONT REDUITS À TIRER DES COUPS DE FEU EN L'AIR.
PAW!
PAW!
PAW!
PAW!
TENEZ BON, MAÎTRE, ME VOILÀ!!
VITE, LA PORTIÈRE!
HARRY DICKSON PARVIENT ENFIN À REFERMER LA PORTIÈRE...
BEN, FILONS D'ICI!
CRASHH
CRAAC
L'ANTIQUE AUTO S'ÉCHAPPE DU PIÈGE.
PFOUII!! NOUS L'AVONS ÉCHAPPÉ BELLE!!
J'ESPÈRE QUE LA SCÉANCE D'HYPNOSE SE PASSERA MIEUX!!
19

DE RETOUR CHEZ BEN LAKELY, ANN EST AMENÉE DANS UNE PIÈCE RESERVÉE AUX SCÉANCES D'HYPNOSE....
INSTALLONS-LÀ DANS CE FAUTEUIL, VOULEZ-VOUS ?
VOUS CROYEZ QUE CELA MARCHERA ?
J'ÉCHOUE RAREMENT, MISTER DICKSON.
REGARDEZ-MOI DROIT DANS LES YEUX !!
CHUT, MY BOY.
MAÎTRE...
VOILÀ, PARFAIT. MAINTENANT VOUS ÊTES EN MON POUVOIR...
TOUT À COUP, UNE INQUIÉTANTE...
TRANSFORMATION SE PRODUIT...
CHEZ ANN...
20

LA JEUNE FILLE SE MÉTAMORPHOSE EN BÊTE FÉROCE.
ARRRRROOOAAAR
BY JOVE!! MAIS QUE LUI ARRIVE-T-IL ?! TOM...
SAISI PAR LA PEUR ET LA SURPRISE, L'HYPNOTISEUR RESTE TÉTANISÉ.
HHAAAAAAAAAA
NE TIREZ PAS MY BOY!!
AVANT QUE LE GRAND DÉTECTIVE AIT PU RÉAGIR, LA FILLE DE SIR WILLIAM SE JETTE PAR LA FENÊTRE.
21

MAIS QUEL DÉMON AVONS-NOUS LIBÉRÉ?
À PEINE S'EST-ELLE ÉVANOUIE DANS LA TEMPÊTE QUE SURGIT UNE AUTOMOBILE.
MAÎTRE, MAC GRÉGOR ARRIVE!
TROP TARD! ON NE LA RATTRAPERA PAS!
SIR WILLIAM M'A APPELÉ AU TÉLÉPHONE ET...
BEN LAKELY EST MORT ET ANN VIENT DE S'ENFUIR!
JE VOIS QUE J'AI BIEN FAIS D'INTERVENIR... JE N'ARRIVE PAS À CROIRE QU'ANN AIT PU FAIRE UNE CHOSE PAREILLE.
LA SCÉANCE D'HYPNOSE L'A TRANSFORMÉE EN MACHINE À TUER. IL FAUT QU'ON LA CAPTURE AVANT QU'IL NE SOIT TROP TARD!
EN TOUT CAS, IL VA FALLOIR QU'ON SE DÉBROUILLE SEULS. LE CÂBLE DU TÉLÉGRAPHE A ÉTÉ COUPÉ, SANS DOUTE PAR LA TEMPÊTE...
IL NE MANQUAIT PLUS QUE ÇA! VOILÀ QUI TOMBE VRAIMENT MAL!
J'AI ENVOYÉ DEUX HOMMES PERQUISITIONNER LA MAISON DONT VOUS AVEZ PARLÉ À SIR WILLIAM.
HARRY DICKSON COMPREND IMMÉDIATEMENT LE DANGER ENCOURU PAR LES POLICIERS.
22
BY JOVE!! MAIS IL FAUT ALLER LES PRÉVENIR TOUT DE SUITE! LEURS VIES SONT EN JEU!!

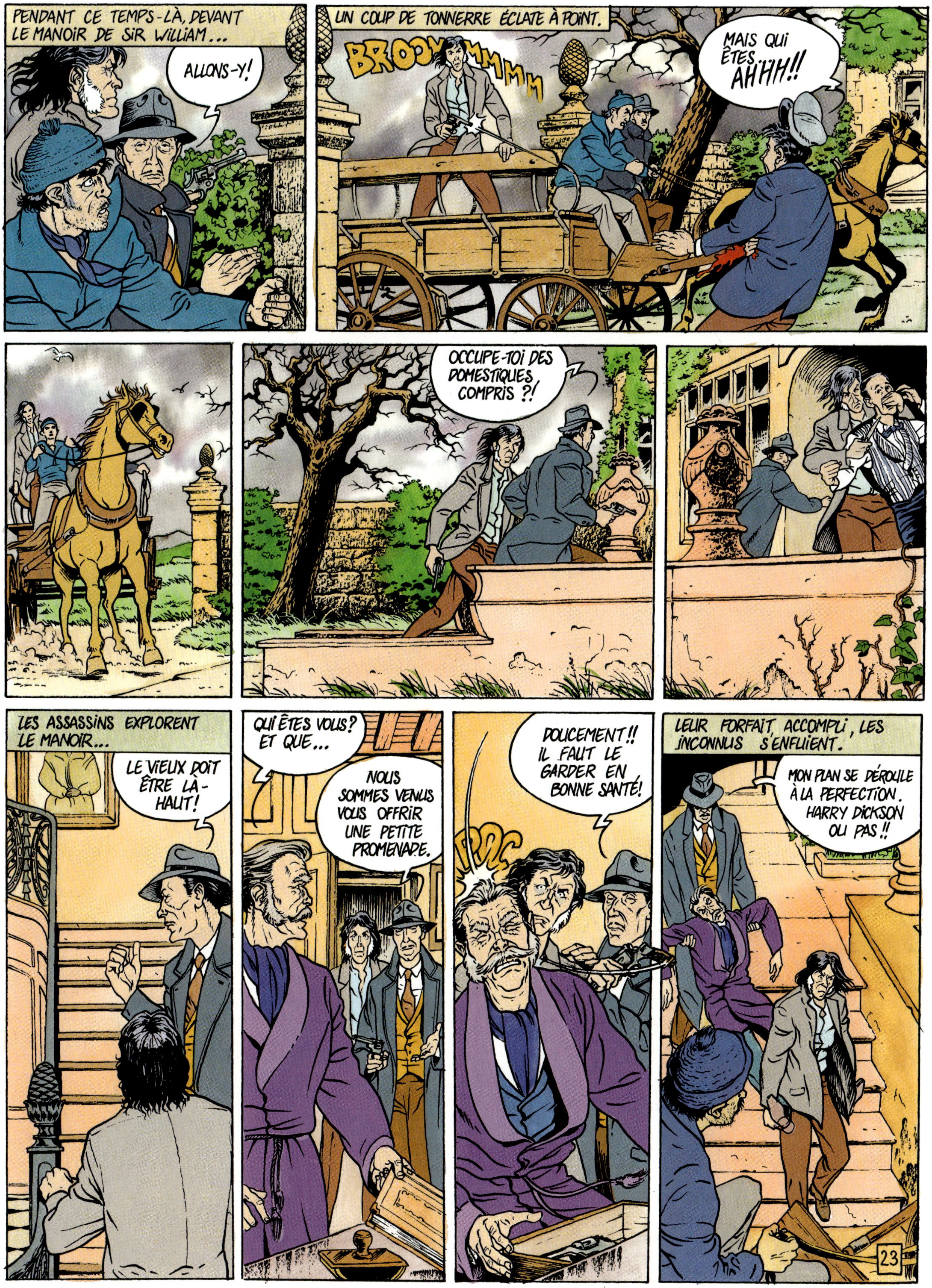
PENDANT CE TEMPS-LÀ, DEVANT LE MANOIR DE SIR WILLIAM...
ALLONS-Y!
UN COUP DE TONNERRE ÉCLATE À POINT.
BROOOMMMMM
MAIS QUI ÊTES... AHHH!!
OCCUPE-TOI DES DOMESTIQUES COMPRIS ?!
LES ASSASSINS EXPLORENT LE MANOIR...
LE VIEUX DOIT ÊTRE LÀ-HAUT!
QUI ÊTES VOUS? ET QUE...
NOUS SOMMES VENUS VOUS OFFRIR UNE PETITE PROMENADE.
DOUCEMENT!! IL FAUT LE GARDER EN BONNE SANTÉ!
LEUR FORFAIT ACCOMPLI, LES INCONNUS S'ENFUIENT.
MON PLAN SE DÉROULE À LA PERFECTION. HARRY DICKSON OU PAS!!
23

NON LOIN DE BARNSMOUTH, LES TROIS HOMMES FONT UNE MACABRE DÉCOUVERTE.
RAFFLES! HEWITT! ON LEUR A VOLÉ LEUR VOITURE!
MAÎTRE, VOUS AVIEZ RAISON! MAIS QUI LES A TUÉS? ANN?
NON, JE NE LE CROIS PAS. ILS ÉTAIENT DEUX ET ARMÉS. C'EST UN COUP DES PÊCHEURS...
LEURS REVOLVERS ONT AUSSI DISPARUS! MAIS COMMENT AVEZ-VOUS FAIT POUR DEVINER LE DANGER QU'ILS COURAIENT MISTER DICKSON!?
LA COUPURE DU CÂBLE TÉLÉGRAPHIQUE. LA TEMPÊTE N'EST PAS ASSEZ FORTE POUR L'AVOIR PROVOQUÉE. KERSEY EST DÉSORMAIS ISOLÉE ET CELA SIGNIFIE QUE CELUI QUI MANIPULE LA SITUATION A FRANCHI LE RUBICON. IL VA FALLOIR SE MÉFIER EN APPROCHANT DU VILLAGE.
ON DIRAIT BIEN QUE VOTRE ARRIVÉE A PRÉCIPITÉ LES CHOSES NON?
HARRY DICKSON ÉLUDE LA QUESTION.
AU FAIT, MAC GRÉGOR, SAVEZ VOUS QUI HABITE LE COTTAGE AU DESSUS DE BARNSMOUTH?
OUI. UN VIEL ORIGINAL QUI NE VIENT PRESQUE JAMAIS À STEPFORD. UN CERTAIN HENDERSON, JE CROIS. J'AI ENTENDU DIRE QU'IL ÉTAIT À LONDRES EN CE MOMENT.
VOUS ÊTES MAL RENSEIGNÉ, MON CHER! VOTRE HENDERSON S'APPELLE EN FAIT HAMPSTEAD ET JE SUIS PRÊT À PARIER QU'IL DÉTIENT LA CLÉ DE TOUTE CETTE HISTOIRE!!
MAIS ALORS...
SI VOUS AVIEZ LU LE TIMES APPORTÉ PAR NOTRE BATEAU, VOUS AURIEZ SU QUE LE PROFESSEUR HAMPSTEAD A ÉTÉ RETROUVÉ NOYÉ DANS LA TAMISE IL Y A QUELQUES JOURS!! ET, JE VOUS EN PRIE, NE ME PARLEZ PAS DE HASARD...
24

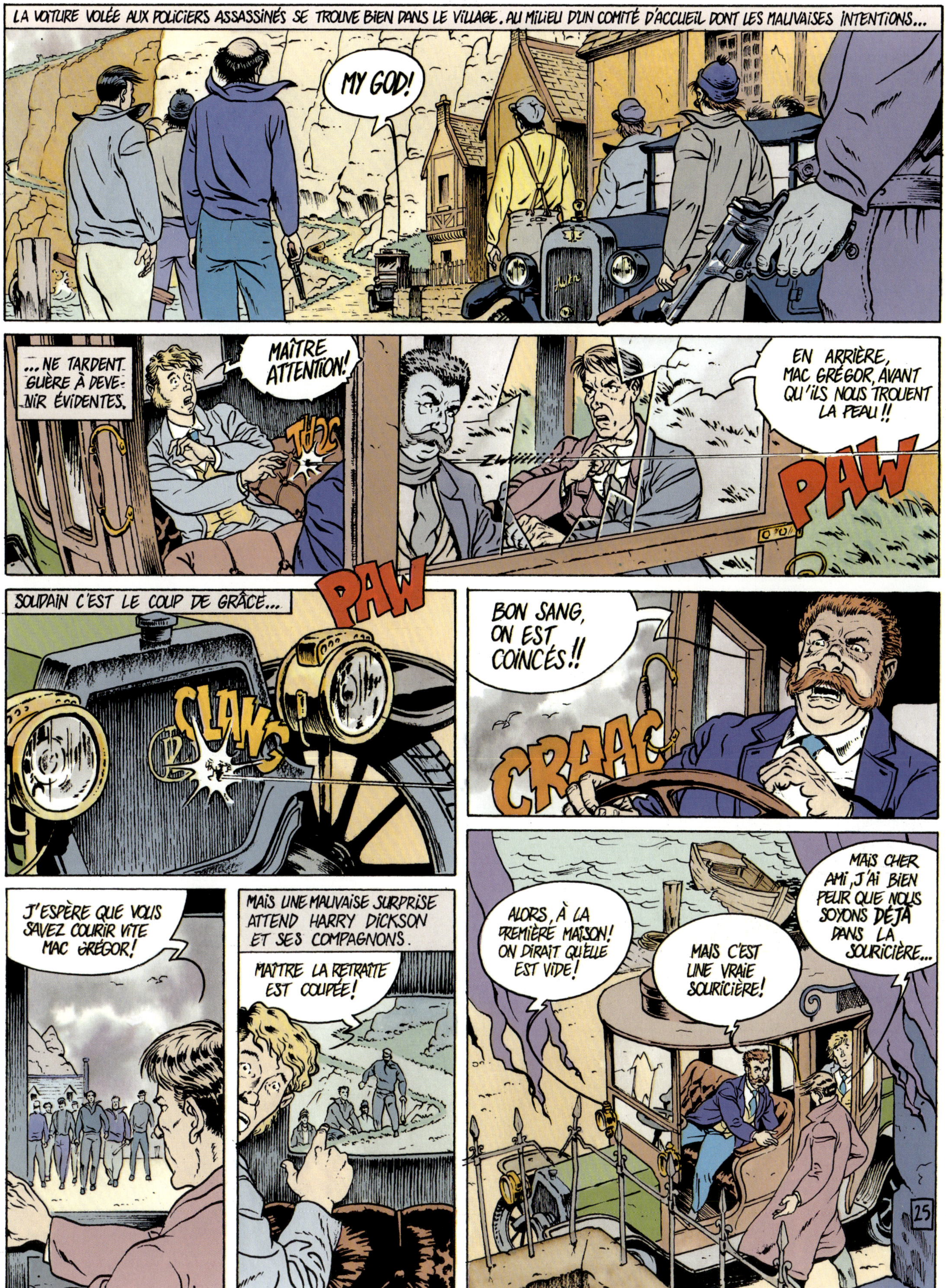

LA VOITURE VOLÉE AUX POLICIERS ASSASSINÉS SE TROUVE BIEN DANS LE VILLAGE. AU MILIEU D'UN COMITÉ D'ACCUEIL DONT LES MAUVAISES INTENTIONS...
MY GOD!
...NE TARDENT GUÈRE À DEVENIR ÉVIDENTES.
MAÎTRE ATTENTION!
THOC
ZWIIIIII
EN ARRIÈRE, MAC GRÉGOR, AVANT QU'ILS NOUS TROUENT LA PEAU!!
PAW
SOUDAIN C'EST LE COUP DE GRÂCE...
PAW
CLANG
BON SANG, ON EST COINCÉS!!
CRAAC
J'ESPÈRE QUE VOUS SAVEZ COURIR VITE MAC GRÉGOR!
MAIS UNE MAUVAISE SURPRISE ATTEND HARRY DICKSON ET SES COMPAGNONS.
MAÎTRE LA RETRAITE EST COUPÉE!
ALORS, À LA PREMIÈRE MAISON! ON DIRAIT QU'ELLE EST VIDE!
MAIS C'EST UNE VRAIE SOURICIÈRE!
MAIS CHER AMI, J'AI BIEN PEUR QUE NOUS SOYONS DÉJÀ DANS LA SOURICIÈRE...
25

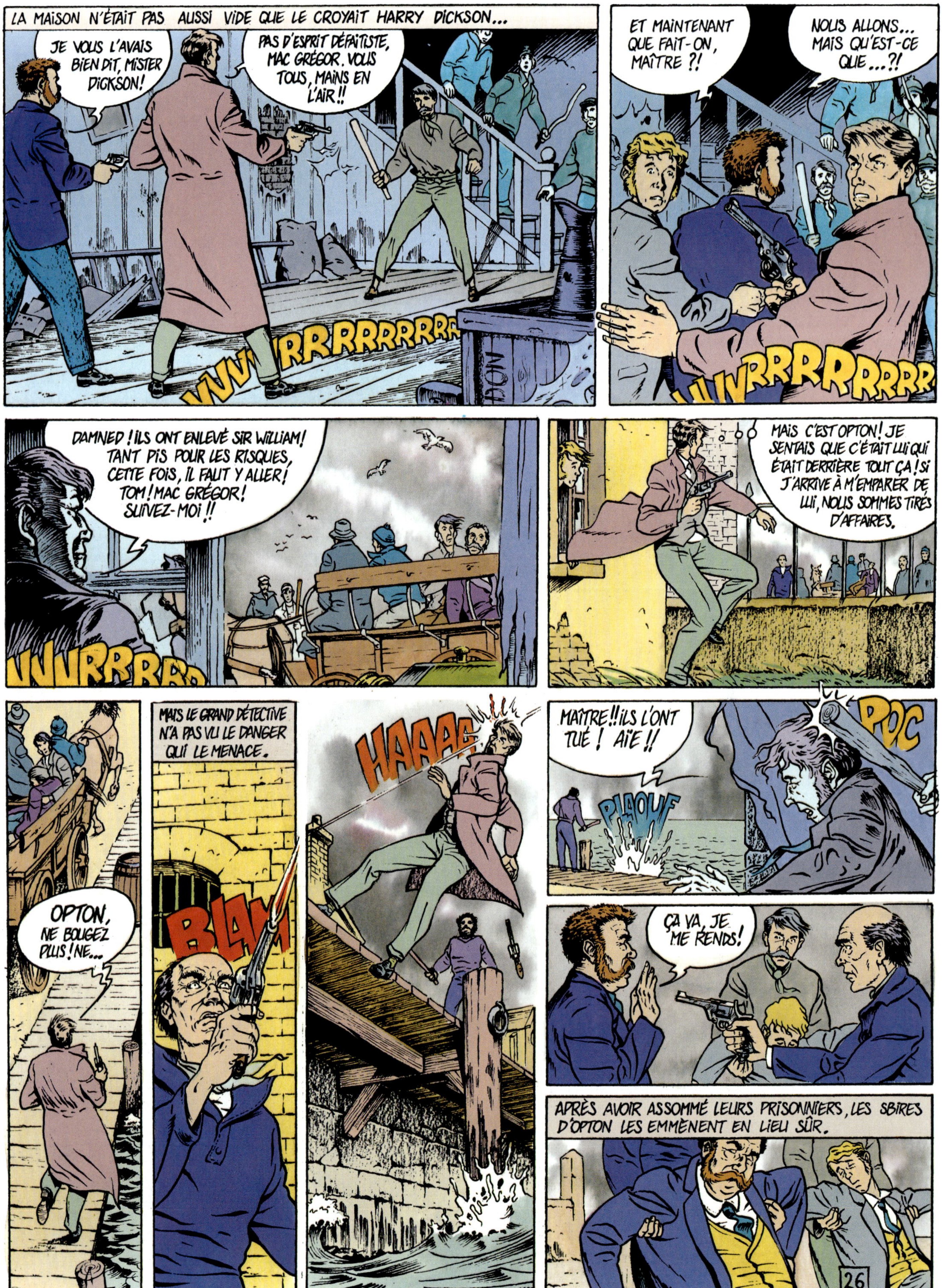

LA MAISON N'ÉTAIT PAS AUSSI VIDE QUE LE CROYAIT HARRY DICKSON...
JE VOUS L'AVAIS BIEN DIT, MISTER DICKSON!
PAS D'ESPRIT DÉFAITISTE, MAC GRÉGOR. VOUS TOUS, MAINS EN L'AIR!!
VVVVRRRRRRRRR
ET MAINTENANT QUE FAIT-ON, MAÎTRE ?!
NOUS ALLONS... MAIS QU'EST-CE QUE...?!
VVVRRRRRRRR
DAMNED! ILS ONT ENLEVÉ SIR WILLIAM! TANT PIS POUR LES RISQUES, CETTE FOIS, IL FAUT Y ALLER! TOM! MAC GRÉGOR! SUIVEZ-MOI!!
MAIS C'EST OPTON! JE SENTAIS QUE C'ÉTAIT LUI QUI ÉTAIT DERRIÈRE TOUT ÇA! SI J'ARRIVE À M'EMPARER DE LUI, NOUS SOMMES TIRÉS D'AFFAIRES.
OPTON, NE BOUGEZ PLUS! NE...
MAIS LE GRAND DÉTECTIVE N'A PAS VU LE DANGER QUI LE MENACE.
BLAM
HAAAG
MAÎTRE!! ILS L'ONT TUÉ! AÏE!!
PLAOUF
POC
ÇA VA, JE ME RENDS!
APRÈS AVOIR ASSOMMÉ LEURS PRISONNIERS, LES SBIRES D'OPTON LES EMMÈNENT EN LIEU SÛR.
26

L'EAU GLACÉE TIRE HEUREUSEMENT HARRY DICKSON DE SON INCONSCIENCE.
OÙ SUIS-JE ? OH !!
IL SE DÉBARASSE DE SON MANTEAU QU'IL L'EMPÊCHE DE NAGER.
VITE AVANT QU'IL NE SOIT TROP TARD...
MY GOD !! CETTE BALLE N'EST PAS PASSÉE LOIN... BON, SURTOUT NE PAS SE FAIRE REPÉRER.
DE L'AUTRE COTÉ DU QUAI, OPTON SAVOURE DÉJÀ SA VICTOIRE.
NOUS VOILÀ ENFIN DÉBARRASSÉS DE CE PRÉTENDU SHERLOCK HOLMES AMÉRICAIN. J'AVAIS TORT DE M'EN FAIRE AUTANT À SON SUJET.
IL EST TEMPS DE SAVOIR UNE BONNE FOIS POUR TOUTES CE QUE DISSIMULE CETTE MAUDITE MAISON !
SURTOUT NE PAS SE FAIRE REPÉRER.
ET MAINTENANT, À NOUS DEUX, SIR WILLIAM.
ET SI LA LOGIQUE N'EST PAS UN VAIN MOT, JE POURRAIS BIEN TROUVER UNE PISTE DANS LE COTTAGE DE FEU LE PROFESSEUR HAMPSTEAD.
27

JE VOUS ORDONNE DE ME LACHER!
VVVURRRRRRR
TOM WILLS ET LE POLICIER SONT SAUVAGEMENT POUSSÉS DANS LA PIÈCE OÙ SIR WILLIAM LES A PRÉCÉDÉ.
SIR WILLIAM!! RÉVEILLEZ-VOUS!
MAIS QUE... OÙ SUIS-JE? MAC GRÉGOR? TOM? QUE FAITES VOUS ICI?
ON POURRAIT VOUS POSER LA MÊME QUESTION, SIR WILLIAM.
HARRY DICKSON VIENT D'ÊTRE TUÉ!!
LA NOUVELLE TERRASSE SIR WILLIAM.
MAIS QUEL ÉPOUVANTABLE MALHEUR! QUEL... ET ANN, QU'EST-ELLE DEVENUE?
TOM POURSUIT SES EXPLICATIONS EN ÉVITANT DE MENTIONNER L'HORRIBLE MÉTAMORPHOSE DE ANN.
NOUS AVONS ESSAYÉ DE L'HYPNOTISER MAIS BEN LAKELY A ÉTÉ VICTIME D'UN... ACCIDENT ET VOTRE FILLE NOUS A ÉCHAPPÉ, SIR WILLIAM.
PAR SAINT GEORGE, NE ME DITES PAS QUE LAKELY EST MORT LUI AUSSI!
SI! AINSI QUE DEUX DE MES HOMMES. RAFFLES ET HEWITT... SIR WILLIAM, NOUS SOMMES AUX MAINS D'UNE BANDE DE CANAILLES SANGUINAIRES QUI ONT DÉCIDÉ DE S'EMPARER DE L'ÎLE.
VVVVVRRRRRRR
RRVVVVURRRRRRRRRR
28

UN PEU PLUS TARD...
PAS DE GUETTEUR EN VUE, CE CLIVE OPTON A UN PEU TROP CONFIANCE DANS SES DISCUTABLES QUALITÉS DE COMPLOTEUR.
HARRY DICKSON DOIT FAIRE APPEL À TOUTES SES FORCES POUR MONTER VERS LE COTTAGE.
QUEL ENDROIT SINISTRE!
PERSONNE, ON DIRAIT. À DÉFAUT D'ÊTRE CLÉMENT, LE CIEL SEMBLE ÊTRE AVEC MOI.
ENCORE UNE HEURE DANS CE FROID ET C'EST LA PNEUMONIE ASSURÉE...
HARRY DICKSON CHERCHE SON PASSE PARTOUT.
ET MAINTENANT, VOYONS SI JE N'AI PAS OUBLIÉ LES LEÇONS DE PETE LA CAMBRIOLE.
MAIS LA SERRURE A DÉJÀ ÉTÉ FORCÉE.
TIENS DONC... VOILÀ QUI EST ÉTRANGE. ON DIRAIT QUE QUELQU'UN A EU LA MÊME IDÉE QUE MOI. QUELQU'UN QUI S'EST SERVI D'UN BON CAILLOU EN GUISE DE CLÉ.
DAMNED, MES ALLUMETTES SONT PARTIES AVEC MA PIPE AU FOND DU PORT!
FIAT LUX!
29

HARRY DICKSON FAIT UN RAPIDE TOUR DE LA CUISINE.
JE TROUVE QU'IL FAIT BIEN CHAUD POUR UNE MAISON CENSÉE ÊTRE FERMÉE DEPUIS LE DÉPART DU PROFESSEUR.
SUGAR
ENCORE TIÈDE!
INUTILE D'ÊTRE GRAND CLERC POUR DEVINER QUE QUELQU'UN A HABITÉ ICI DEPUIS LA MORT DU PROFESSEUR. QUELQU'UN QUI N'AVAIT SÛREMENT PAS BESOIN DE FRACASSER LA PORTE POUR ENTRER.
DONC, PRUDENCE ET OUVRONS L'OEIL... BON, NOUS VOILÀ DANS LE BUREAU DU PROFESSEUR VOYONS CE QU'ON PEUT TROUVER DANS SES TIROIRS.
POURTANT LA FOUILLE SE RÉVÈLE VITE DÉCEVANTE.
RIEN..! CELA COMMENCE MAL.
TOUJOURS RIEN. ET POURTANT, MON FLAIR ME DIT QUE CE BRAVE PROFESSEUR A CERTAINEMENT LAISSÉ DES PAPIERS QUELQUE PART.
MAIS IL EN FAUT PLUS POUR DÉCOURAGER LE GRAND DÉTECTIVE.
ET VOILÀ!
CLAC
J'ÉTAIS SÛR QUE NOTRE PROFESSEUR ÉTAIT UN PETIT CACHOTTIER.
PERSONNEL
D'ABORD LE PLAN. ON VERRA LE CARNET INTIME APRÈS.
30

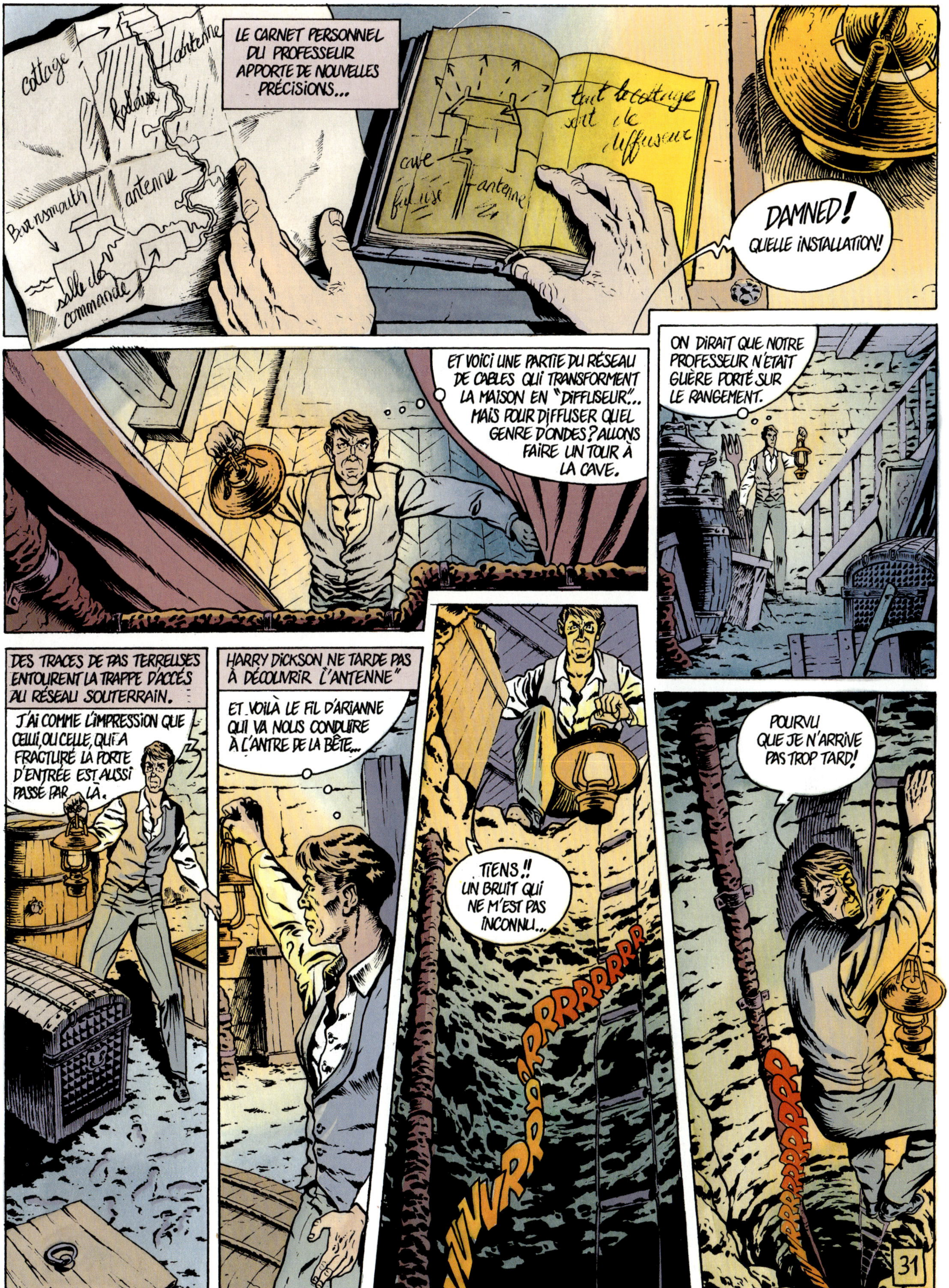
cottage
rôdeur
antenne
Bournemouth
antenne
salle de commande
LE CARNET PERSONNEL DU PROFESSEUR APPORTE DE NOUVELLES PRÉCISIONS...
cave
antenne
tout le cottage sert de diffuseur
DAMNED! QUELLE INSTALLATION!
ET VOICI UNE PARTIE DU RÉSEAU DE CABLES QUI TRANSFORMENT LA MAISON EN "DIFFUSEUR"... MAIS POUR DIFFUSER QUEL GENRE D'ONDES? ALLONS FAIRE UN TOUR À LA CAVE.
ON DIRAIT QUE NOTRE PROFESSEUR N'ÉTAIT GUÈRE PORTÉ SUR LE RANGEMENT.
DES TRACES DE PAS TERREUSES ENTOURENT LA TRAPPE D'ACCÈS AU RÉSEAU SOUTERRAIN.
J'AI COMME L'IMPRESSION QUE CELUI, OU CELLE, QUI A FRACTURÉ LA PORTE D'ENTRÉE EST AUSSI PASSÉ PAR LÀ.
HARRY DICKSON NE TARDE PAS À DÉCOUVRIR L'ANTENNE"
ET VOILÀ LE FIL D'ARIANNE QUI VA NOUS CONDUIRE À L'ANTRE DE LA BÊTE...
TIENS!! UN BRUIT QUI NE M'EST PAS INCONNU...
VVVVRRRRRRRRRRRRR
POURVU QUE JE N'ARRIVE PAS TROP TARD!
RRRRRRRRRRRR
31

ECOUTEZ, ON VIENT!
FINI DE FOUINER DANS MES AFFAIRES!
TOM RECONNAIT L'HOMME SUR LA PHOTOGRAPHIE CHEZ BEN LAKELY.
MAIS VOUS ÊTES L'ASSISTANT DU PROFESSEUR HAMPSTEAD!!
TOUT JUSTE, JEUNÔT! BIENTÔT, LE MONDE ENTIER CONNAITRA MON VISAGE! ON ME MANGERA DANS LA MAIN MÊME À DOWNING STREET!
C'EST PLUTÔT DANS LA RUBRIQUE DES FAITS-DIVERS QUE L'ON DÉCOUVRIRA VOTRE VISAGE! HARRY DICKSON ÉTAIT SÛR QUE VOUS AVIEZ POUSSÉ LE PROFESSEUR DANS LA TAMISE.
CE VIEUX CROUTON N'ÉTAIT QU'UN TIMORÉ INCAPABLE D'UTILISER SON GÉNIE! IL ÉTAIT TEMPS QU'IL ME CÈDE SA PLACE, VOILÀ TOUT.
CELA NE SE PASSERA PAS COMME ÇA!
VOUS AVEZ VU CE QUI EST ARRIVÉ À VOTRE FAMEUX HARRY DICKSON? ABATTU COMME UN VULGAIRE LAPIN! J'AVOUE QU'IL M'A BEAUCOUP DÉÇU...
QU'ALLEZ-VOUS FAIRE DE NOUS?
SI VOUS ME RELÂCHEZ, JE VOUS DONNERAI TOUT CE QUE VOUS VOUDREZ. ET ANN, QU'EST CE QU'ELLE...
MAIS OPTON NE L'ÉCOUTE DÉJÀ PLUS.
INUTILE DE PLEURNICHER! VOUS ALLEZ AVOIR L'HONNEUR DE PARTICIPER À L'EXPÉRIENCE QUI VA RÉVOLUTIONNER LE MONDE!
32

EMMENEZ-LES!!
LES PRISONNIERS ARRIVENT DEVANT UNE PORTE...
UNE PORTE SECRÈTE! OU JE ME TROMPE OU NOUS ENTRONS À L'INTÉRIEUR DE LA FALAISE...
... QUI S'OUVRE SUR UNE PIÈCE ABRITANT UN ÉTRANGE APPAREIL.
ADMIREZ LA PREUVE DE MON GÉNIE, MESSIEURS!
L'INVENTION QUE VOUS AVEZ VOLÉ À VOTRE MAÎTRE, OUI!!
TOI, LE JEUNÔT, TU COMMENCES À M'ÉCHAUFFER LES OREILLES! LE VRAI GÉNIE, TÊTE DE PIAF, C'EST DE SAVOIR TIRER PART D'UNE INVENTION!
VVVURRRRRRVVVVVR
PAR SAINT GEORGE, MAIS CET INDIVIDU EST FOU FURIEUX...
CET APPAREIL PERMET D'OUVRIR LES ESPRITS DE CEUX À QUI JE VEUX IMPOSER L'INFLUENCE HYPNOTIQUE DE L'ÉMETTEUR PSYCHIQUE INSTALLÉ EN DESSOUS DE CETTE MAISON.
TOUT S'ÉCLAIRE SUBITEMENT POUR SIR WILLIAM.
ET VOUS L'AVEZ UTILISÉ SUR ANN, ESPÈCE DE BRIGAND! OÙ EST-ELLE? C'EST LA DERNIÈRE FOIS QUE JE VOUS LE DEMANDE!
AUCUNE IDÉE. DE TOUTE FAÇON, JE M'EN MOQUE COMPLÈTEMENT MAINTENANT QUE JE VOUS TIENS, SIR WILLIAM...
33

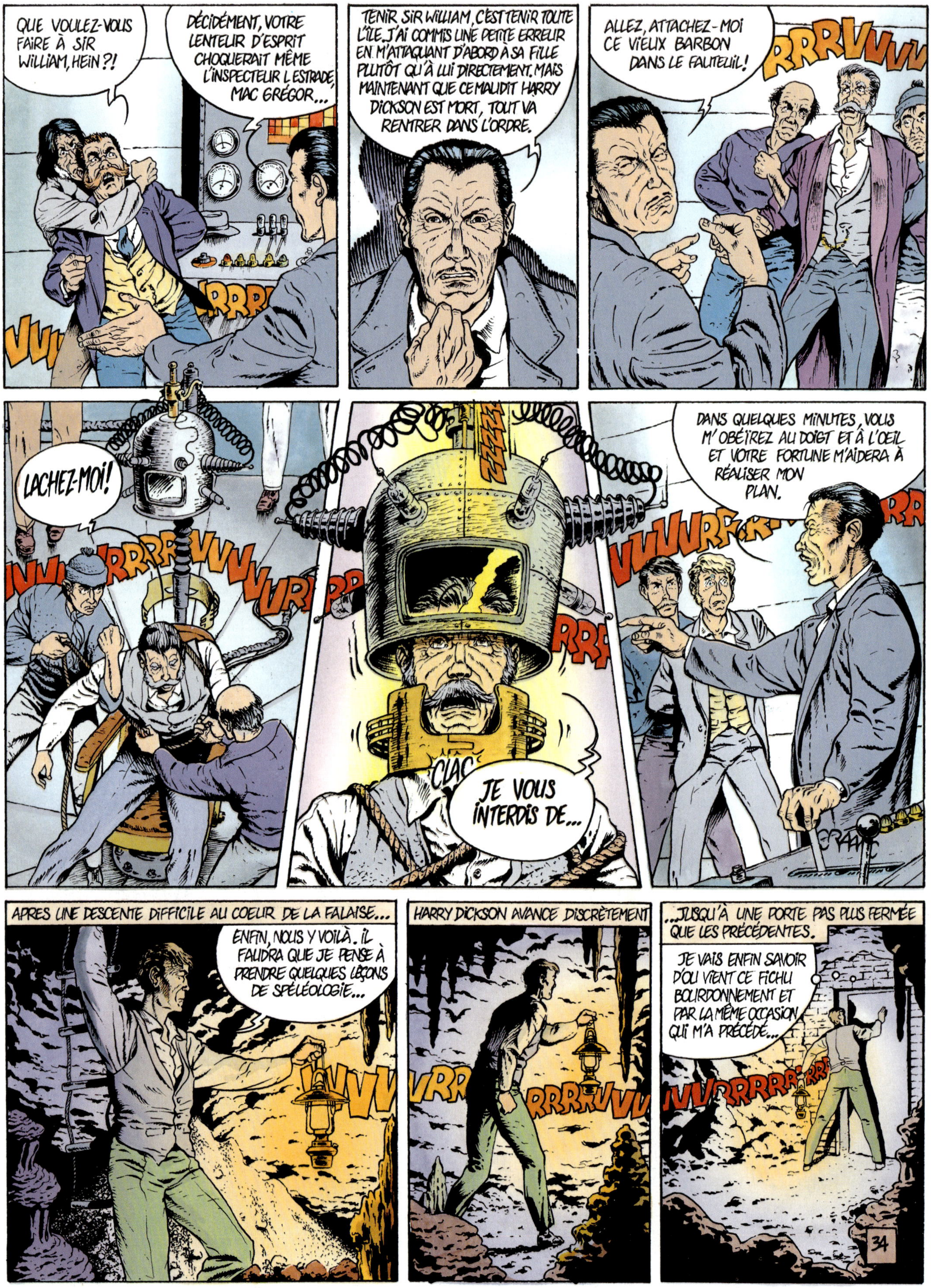
QUE VOULEZ-VOUS FAIRE À SIR WILLIAM, HEIN ?!
DÉCIDÉMENT, VOTRE LENTEUR D'ESPRIT CHOQUERAIT MÊME L'INSPECTEUR L'ESTRADE, MAC GRÉGOR...
VVVRRRR
TENIR SIR WILLIAM, C'EST TENIR TOUTE L'ÎLE. J'AI COMMIS UNE PETITE ERREUR EN M'ATTAQUANT D'ABORD À SA FILLE PLUTÔT QU'À LUI DIRECTEMENT. MAIS MAINTENANT QUE CE MAUDIT HARRY DICKSON EST MORT, TOUT VA RENTRER DANS L'ORDRE.
ALLEZ, ATTACHEZ-MOI CE VIEUX BARBON DANS LE FAUTEUIL !
RRRVVVVV
LACHEZ-MOI !
VVVRRRRVVVVVURRRR
ZZZZ
RRRR
CLAC
JE VOUS INTERDIS DE...
DANS QUELQUES MINUTES, VOUS M'OBÉIREZ AU DOIGT ET À L'OEIL ET VOTRE FORTUNE M'AIDERA À RÉALISER MON PLAN.
VVVVURRRRRR
APRES UNE DESCENTE DIFFICILE AU COEUR DE LA FALAISE...
ENFIN, NOUS Y VOILÀ. IL FAUDRA QUE JE PENSE À PRENDRE QUELQUES LEÇONS DE SPÉLÉOLOGIE...
VVVV
HARRY DICKSON AVANCE DISCRÈTEMENT
VRRRRRRRVVVV
...JUSQU'À UNE PORTE PAS PLUS FERMÉE QUE LES PRÉCÉDENTES.
JE VAIS ENFIN SAVOIR D'OÙ VIENT CE FICHU BOURDONNEMENT ET PAR LA MÊME OCCASION QUI M'A PRÉCÉDÉ...
VVVRRRRRRRR
34

LA "SALLE DE COMMANDE". L'INVENTION GÉNIALE DU PROFESSEUR HAMPSTEAD ET LE COEUR DE LA CONSPIRATION DE CLIVE OPTON.
BY JOVE !!
VVVVVVVVRRRRRRRRRRRVVVVVRRRRRR
QUEL FICHU BRUIT !!
EVIDEMMENT, LE PROFESSEUR S'EST BIEN GARDÉ D'IDENTIFIER LES COMMANDES...
LA TAILLE DE CETTE MANETTE INDIQUE UNE FONCTION IMPORTANTE. ESPÉRONS QUE JE NE VAIS PAS FAIRE TOUT SAUTER.
35

BIENVENUE PARMI MES PANTINS, SIR WILLIAM !
UN DESTIN TERRIBLE VA S'ABATTRE SUR SIR WILLIAM LORSQUE...
CRIIII
SCHLAK
BON SANG! APPORTEZ-MOI UNE LAMPE!
ON DIRAIT QUE VOUS AVEZ OUBLIÉ DE RÉGLER VOTRE NOTE D'ÉLECTRICITÉ OPTON...
VVRRR
SURVEILLEZ-LES! JE VAIS RÉTABLIR LE COURANT DANS LA SALLE DE COMMANDE
RRRR
OPTON REPÈRE IMMÉDIATEMENT LA PRÉSENCE D'UN INTRUS.
EH, TOI LÀ-BAS! ON NE BOUGE PLUS!
VVRRRRRR
ET MON RÉVOLVER QUI EST AU FOND DU PORT...
VRRRVVVRRRRR
ÇA PAR EXEMPLE! HARRY DICKSON!!
CLAC
36

VOUS ÊTES PLUS CORIACE QUE JE LE CROYAIS. ÉCARTEZ-VOUS DES COMMANDES!
IL FAUDRA APPRENDRE À VOS ZOMBIES A MIEUX VISER, OPTON.
JE SAURAI ME SOUVENIR DE CE CONSEIL, FAITES-MOI CONFIANCE... VOUS FEREZ UNE EXCELLENTE CIBLE D'ENTRAÎNEMENT.
AU MOINDRE GESTE, JE VOUS ABATS, COMPRIS?
VOUS N'AVEZ PAS ACTIONNÉ LA BONNE COMMANDE ET CETTE FOIS LA FÊTE EST VRAIMENT FINIE POUR VOUS MONSIEUR LE GRAND DÉTECTIVE!!
MAIS UN EVÉNEMENT IMPRÉVU VIENT BOUSCULER LES PLANS DE OPTON.
GRAAK
BON SANG! MAIS QU'EST-CE QUE.!?
ANN! AH! J'AURAIS DÛ M'EN DOUTER!
ARRÊTE-TOI PETITE IMBÉCILE!!
PAW
37

HARRY DICKSON PROFITE DE L'OCCASION QUI S'OFFRE À LUI
ARRÊTEZ !! ANN !
UN ORDRE QUE ANN NE SEMBLE MÊME PAS ENTENDRE.
CRAC
LE SANG S'INFILTRE DANS LE MÉCANISME ÉLECTRIQUE.
CRRRR CRRRR
ANN SE RETOURNE POUR EN FINIR AVEC HARRY DICKSON...
VRRRRRRRR
QUAND SOUDAIN...
... ANN SE TÉTANISE...
ANN! TU M'ENTENDS ?! ANN!
CRRRRR
C'EST UN PANTIN DE CHAIR QUI S'EFFONDRE SUR LE SOL.
38

BRAOUMMM
IL VAUDRAIT MIEUX QUE J'AILLE VOIR CE QUI SE PASSE LÀ-HAUT.
HARRY DICKSON DÉCOUVRE ALORS UN ÉTONNANT SPECTACLE
MAÎTRE! MAIS VOUS N'ÊTES PAS...
MORT? PAS LE MOINS DU MONDE, COMME VOUS POUVEZ LE CONSTATER. CONTENT DE VOUS REVOIR, MY BOY...
UNE SEULE QUESTION PARAÎT OBSÉDER SIR WILLIAM.
OÙ EST ANN? JE...
RASSUREZ-VOUS, SIR WILLIAM, ELLE EST VIVANTE. CELA DIT, J'AI PEUR QU'IL Y AIT UN PROBLÈME AVEC ELLE...
EH, MAIS QU'EST-CE QUE C'EST QUE CETTE FUMÉE?!
BY JOVE! ET ANN EST EN BAS! TOM, VENEZ AVEC MOI!
MAÎTRE, QU'EST-CE QUE C'EST QUE CETTE MACHINE?
PLUS TARD MY BOY! PLUS TARD.
ANN!!
FILONS D'ICI TOUT VA SAUTER!
BAOUM
ILS ÉCHAPPENT DE PEU À LA CATASTROPHE QUI EMBRASE UNE PARTIE DE BARNSMOUTH.
À LA VOITURE! CELLE DE SIR WILLIAM EST INUTILISABLE!
39

EN DÉPIT DE L'URGENCE DU MOMENT, MAC GRÉGOR DÉCIDE DE RÉCUPÉRER LES CORPS DE SES DEUX POLICIERS.
ON S'OCCUPERA DE LAKELY ET D'OPTON DEMAIN MATIN. ILS SONT COMME MA VOITURE, ILS PEUVENT ATTENDRE MAINTENANT...
MAÎTRE, ANN SE RÉVEILLE !
L'INFIRMERIE EST DANS LA PROCHAINE RUE À DROITE.
DIEU MERCI, VOUS ÊTES LÀ, DOCTEUR JONES !!
UNE CHANCE QUE LA VIEILLE MISS MARPLE AIT EU UN MALAISE, SI JE PUIS M'EXPRIMER AINSI, SINON JE N'AURAIS PAS ÉTÉ LÀ POUR VOUS ACCUEILLIR.
LE DOCTEUR JONES RÉAPPARAIT AVEC UNE MINE SOUCIEUSE
ALORS, DOCTEUR ?
J'AI FAIT DONNER UN SÉDATIF À SIR WILLIAM. QU'EST IL ARRIVÉ À SA FILLE ? JE SUPPOSE QUE CELA A UN RAPPORT AVEC LA MORT DE RAFFLES ET HEWIT ?
OUI, ÇA A UN RAPPORT. POURREZ-VOUS SOIGNER ANN ?
VOUS PLAISANTEZ ! ELLE A SUBI UN CHOC TERRIBLE, C'EST COMME SI SA PERSONNALITÉ S'ÉTAIT RECROQUEVILLÉE DANS UN COIN DE SON CERVEAU.
NOUS L'EMMÈNERONS PAR LE BATEAU DE DEMAIN. DOCTEUR, POURRIEZ-VOUS VOUS ARRANGER POUR QU'ELLE PUISSE SUPPORTER LE VOYAGE ?
BIEN ENTENDU...
UN DERNIER CONSEIL, DOCTEUR, SI J'ÉTAIS VOUS, JE PRÉVOIERAIS DES PLACES SUPPLÉMENTAIRES DANS CE QUI VOUS SERT DE MORGUE. À DEMAIN AU BATEAU, D'ACCORD ?
À LEUR SORTIE, ILS SONT ASSAILLIS À NOUVEAU PAR LA TEMPÊTE GLACIALE.
MES AMIS, IL EST TEMPS DE RETOURNER AU MANOIR SINON J'AI BIEN PEUR QUE CE BON DOCTEUR JONES DOIVE ME SOIGNER DEMAIN POUR UN DÉBUT DE PNEUMONIE...
ET MOI, J'AI BIEN PEUR QUE D'AUTRES MAUVAISES SURPRISES NOUS ATTENDENT CHEZ SIR WILLIAM.
40

LA PRÉDICTION DE MAC GRÉGOR NE TARDE PAS À SE RÉALISER.
BON SANG!! REGARDEZ-ÇA!
ON DIRAIT QUE OPTON ET SES SBIRES N'ONT PAS FAIT DE DÉTAIL POUR ENLEVER SIR WILLIAM.
QUELLE BANDE D'ASSASSINS!
METTEZ-LE DANS LA REMISE AVEC LE GARDIEN. C'EST UNE CHANCE QUE SIR WILLIAM N'AIT PAS EU À PASSER LA NUIT ICI. JE VOUS LAISSE FAIRE, JE VAIS ME CHANGER.
UN PEU PLUS TARD, APRES L'ÉPROUVANTE CORVÉE...
PAR DIEU, JE VIENS DE VOIR EN VINGT QUATRE HEURES PLUS DE CADAVRES QUE DANS LE RESTE DE MA CARRIÈRE!
QU'EST-CE QUE VOUS DIRIEZ SI VOUS ÉTIEZ À LONDRES..?
JE CONNAISSAIS RAFFLES ET HEWITT DEPUIS DES ANNÉES. HEUREUSEMENT, ILS N'AVAIENT PAS DE FAMILLE ICI, CE QUI M'ÉVITE UN BIEN SALE TRAVAIL... VOUS RENDEZ-VOUS COMPTE QUE CE MONSTRE A TRANSFORMÉ NOTRE ÎLE PAISIBLE EN ABATTOIR!?
ET DIRE QUE NOUS AVONS TOUS CRU QUE VOUS AVIEZ ÉTÉ TUÉ, MAÎTRE. COMMENT AVEZ-VOUS DÉCOUVERT L'INSTALLATION SOUTERRAINE?
EN FAISANT FONCTIONNER MON CERVEAU, MY BOY, TOUT SIMPLEMENT... MAIS JE DOIS AVOUER QUE CE CARNET LAISSÉ PAR LE PROFESSEUR HAMPSTEAD VA NOUS AIDER A DÉBROUILLER L'ÉCHEVEAU DE CE MYSTÈRE.
J'AVOUE QUE J'AI HÂTE DE CONNAÎTRE LE FIN MOT DE CETTE AFFAIRE. NE SERAIT-CE QUE POUR NE PAS FAIRE TROP MAUVAISE FIGURE QUAND SCOTLAND YARD DÉBARQUERA ICI!
SPÉCIALISTE DU CERVEAU, LE PROFESSEUR AVAIT MIS AU POINT UN "AMPLIFICATEUR PSYCHIQUE" CAPABLE DE CONTRÔLER DES ESPRITS PRÉALABLEMENT "OUVERTS" PAR L'APPAREIL DONT A FAILLI ÊTRE VICTIME SIR WILLIAM.
MAIS DANS QUEL BUT?
UN BUT DES PLUS LOUABLES; IL PENSAIT POUVOIR AINSI APAISER LES FOUS DANS LES ASILES. VOUS CONNAISSEZ L'ADAGE QUI DIT QUE L'ENFER EST PAVÉ DE BONNES INTENTIONS, N'EST-CE PAS?
41

LORS DE VACANCES À KERSEY, LE PROFESSEUR REMARQUE LE DÉLABREMENT MENTAL ISSU DE LA CONSANGUINITÉ RÉGNANT À BARNSMOUTH. IL VOIT LÀ UNE SITUATION IDÉALE POUR TESTER DISCRÈTEMENT SON INVENTION. IL DÉCIDE DONC D'ACHETER LE COTTAGE SOUS LE NOM D'EMPRUNT QUI VOUS A INDUIT EN ERREUR MON CHER MAC GRÉGOR.
LE PROFESSEUR DÉCOUVRE ALORS LE RÉSEAU DE BOYAUX QUI RELIE LE COTTAGE À UNE PETITE CAVERNE SOUS UNE DES MAISONS DE BARNSMOUTH. IL COMPREND L'INTÉRÊT DE LA CHOSE ET SE FAIT LIVRER SES APPAREILS EN PIÈCES DÉTACHÉES, PROFITANT DU FAIT QUE LE VILLAGE VIT PRATIQUEMENT COUPÉ DU RESTE DE L'ÎLE.
MAIS IL AVAIT COMMIS L'ERREUR D'ENGAGER À LONDRES CLIVE OPTON, UN ASSISTANT BRILLANT MAIS SECRÈTEMENT AVIDE DE POUVOIR ET D'ARGENT. LE TOUT DOUBLÉ D'UN FOU DANGEREUX.
APRÈS LES PREMIERS ESSAIS CONCLUANTS, OPTON PROPOSE AU PROFESSEUR DE SE SERVIR DE L'INVENTION POUR METTRE LA MAIN SUR L'ÎLE. DANS SON DÉLIRE, IL COMMENCE MÊME À PARLER DE S'ATTAQUER AUX DIRIGEANTS DE NOTRE PAYS.
INQUIET, LE PROFESSEUR HAMPSTEAD RÉUSSIT À EMMENER OPTON AVEC LUI À LONDRES AVEC L'ESPOIR DE TROUVER UN MOYEN DE S'EN DÉBARRASSER SANS COMPROMETTRE LE SECRET DE SON EXPÉRIENCE.
ET C'EST OPTON QUI S'EST DÉBARRASSÉ DE LUI !!
ÉLÉMENTAIRE, MON CHER ! LE PROFESSEUR A DÛ COMMETTRE UNE IMPRUDENCE ET OPTON A DÉCIDÉ D'AGIR !
42

ET OPTON EST REVENU PAR LE BATEAU QUI A PRÉCÉDÉ LE NÔTRE.
EXACT, MY BOY. PUIS IL S'EST EMPRESSÉ DE PRENDRE L'ASCENDANT SUR LES HABITANTS DE BARNSMOUTH DÉJÀ "PRÉPARÉS" PAR LES PREMIÈRES EXPÉRIENCES DU PROFESSEUR.
OPTON A ATTIRÉ ENSUITE ANN AVEC L'IDÉE DE SE SERVIR D'ELLE POUR METTRE LA MAIN SUR LA FORTUNE DE SON PÈRE. MAIS ANN N'AVAIT RIEN À VOIR AVEC LES DÉGÉNÉRÉS DE BARNSMOUTH ET OPTON DUT LA TRAITER À PLEINE PUISSANCE ET DONC LA SÉQUESTRER DURANT DEUX JOURS. CE QUI N'ÉTAIT PAS PRÉVU AU PROGRAMME...
ET QUI A POUSSÉ SIR WILLIAM À FAIRE APPEL À VOUS. LE DESTIN S'EST MIS EN TRAVERS DU CHEMIN DE CE BANDIT.
PAS LE DESTIN CHER AMI, JUSTE MOI... BON, TOUJOURS EST-IL QUE LE TRAITEMENT A ÉTÉ TROP FORT POUR L'ESPRIT DE ANN.
LA SÉANCE D'HYPNOSE A BRISÉ SON ÉQUILIBRE ET L'A TRANSFORMÉE EN FURIE DÉCERVELÉE ET SANGUINAIRE. APRÈS, ELLE A ÉTÉ ATTIRÉE PAR L'AMPLIFICATEUR TEL UN INSECTE PAR UNE LAMPE. ELLE EST PASSÉE PAR LE COTTAGE JUSTE AVANT MOI ET NON PAR LE PORT. PREUVE QU'ELLE VOULAIT TUER OPTON DÈS QU'IL DESCENDRAIT DANS LA SALLE.
MAIS AU FAIT POURQUOI OPTON NOUS ATTENDAIT-IL SUR LE QUAI ? COMMENT SAVAIT-IL QUE NOUS ALLIONS VENIR ?
IL ÉTAIT VENU S'ASSURER QU'AUCUN POLICIER NE SE PRÉSENTE APRÈS LA MORT DU PROFESSEUR.
MAIS PERSONNE NE SAVAIT QU'IL VIVAIT SOUS UN FAUX NOM !
SANS VOULOIR VOUS VEXER, CHER AMI, SCOTLAND YARD EST PEUT-ÊTRE MIEUX RENSEIGNÉ QUE VOUS... MAIS, MALHEUREUSEMENT POUR LA DISCRÉTION DE MON ENQUÊTE, DES PUBLICATIONS À SENSATION ONT POPULARISÉ MON VISAGE. VOILÀ POURQUOI OPTON M'A RECONNU.
43

LE LENDEMAIN, LA NOUVELLE DES EXACTIONS DE CLIVE OPTON NE SEMBLE PAS AVOIR ENCORE BOULVERSÉ LA VIE PAISIBLE DE STEPFORD.
VOUS AVEZ DE LA CHANCE, LA TEMPÊTE S'EST CALMÉE.
UN CHANGEMENT QUE VA APPRÉCIER NOTRE AMI TOM QUI N'A GUÈRE LE PIED MARIN, N'EST-CE-PAS, MY BOY?
L'ARRIVÉE DE L'AMBULANCE N'ATTIRE QUE QUELQUES REGARDS ÉTONNÉS.
AH, LES VOILÀ!
J'ESPÈRE QUE SIR WILLIAM SE REMETTRA DE CE NOUVEAU COUP DU SORT. IL TENAIT ENCORE PLUS À ANN QU'À SA FEMME...
FAITES ATTENTION, JE VOUS EN PRIE...
JE COMPTE SUR VOUS, BIEN SÛR, POUR QUE ANN NE SOIT PAS INQUIÉTÉE. DANS LE CAS CONTRAIRE CE SERAIT SIGNER L'ARRÊT DE MORT DE SIR WILLIAM.
N'AYEZ CRAINTE. DE TOUTE FAÇON, ELLE N'ÉTAIT PLUS RESPONSABLE DE SES ACTES. ET PUIS, N'EST-CE PAS ELLE QUI NOUS A DÉBARRASSÉ D'OPTON ET DE CETTE MAUDITE INVENTION?
SI ON VEUT... CE BRIGAND NE M'AURAIT PAS TENU TÊTE LONGTEMPS, MÊME AVEC SON REVOLVER!
J'AI CONSEILLÉ À SIR WILLIAM DE S'ADRESSER À UN DE MES AMIS À LONDRES, LE DOCTEUR JACOBI.
CROYEZ-VOUS QUE ANN GUÉRIRA, DOCTEUR?
C'EST UN VRAI MAGICIEN DE L'ESPRIT.
PARFAIT! MAC GRÉGOR, JE VOUS FAIS ENVOYER DU RENFORT DÈS NOTRE ARRIVÉE. VOUS DEVRIEZ PROFITER DE L'OCCASION POUR DEMANDER UNE STATION DE T.S.F. POUR KERSEY. C'EST PLUS SÛR QUE LE CÂBLE, MÊME SI JE SUIS CERTAIN QUE LA TEMPÊTE N'A RIEN À VOIR AVEC SON AVARIE. ALLEZ, JE CROIS QUE LE MOMENT EST VENU DE NOUS SÉPARER...
VOUS PARAISSEZ SONGEUR, MAÎTRE... POURTANT VOUS AVEZ UNE FOIS DE PLUS VAINCU LE CRIME, NON?
LE BATEAU REPART ENFIN VERS L'ANGLETERRE.
TOM, RIEN N'EST PLUS DÉPRIMANT POUR UN DÉTECTIVE BÉNÉFICIANT DE QUELQUE RÉPUTATION QUE DE S'ENTENDRE DIRE QU'IL DOIT SA VICTOIRE À... UNE MEURTRIÈRE! ET PUIS CROYEZ-MOI MY BOY, CE GENRE DE CHOSE FINIT TOUJOURS À LA LONGUE PAR ÊTRE NÉFASTE POUR LES AFFAIRES. VOUS VERREZ, VOUS COMPRENDREZ MIEUX S'IL VOUS ARRIVE PAR HASARD UN JOUR D'ÊTRE CONNU DU COMMUN DES MORTELS...
FIN
ROMAN 92